Ama de casa

Ama de casa

Maria Roig

Lumen
narrativa

Papel certificado por el Forest Stewardship Council®

Primera edición: marzo de 2025

© 2025, Maria Roig Nogués
© 2025, Penguin Random House Grupo Editorial, S. A. U.
Travessera de Gràcia, 47-49. 08021 Barcelona

Penguin Random House Grupo Editorial apoya la protección de la propiedad intelectual. La propiedad intelectual estimula la creatividad, defiende la diversidad en el ámbito de las ideas y el conocimiento, promueve la libre expresión y favorece una cultura viva. Gracias por comprar una edición autorizada de este libro y por respetar las leyes de propiedad intelectual al no reproducir ni distribuir ninguna parte de esta obra por ningún medio sin permiso. Al hacerlo está respaldando a los autores y permitiendo que PRHGE continúe publicando libros para todos los lectores. De conformidad con lo dispuesto en el artículo 67.3 del Real Decreto Ley 24/2021, de 2 de noviembre, PRHGE se reserva expresamente los derechos de reproducción y de uso de esta obra y de todos sus elementos mediante medios de lectura mecánica y otros medios adecuados a tal fin. Diríjase a CEDRO (Centro Español de Derechos Reprográficos, http://www.cedro.org) si necesita reproducir algún fragmento de esta obra.
En caso de necesidad, contacte con: seguridadproductos@penguinrandomhouse.com

Printed in Spain – Impreso en España

ISBN: 978-84-264-2478-5
Depósito legal: B-554-2025

Compuesto en M. I. Maquetación, S. L.
Impreso en Unigraf, Móstoles (Madrid)

H 4 2 4 7 8 5

A mi madre

Ella se venga por el monólogo.

Gustave Flaubert

No hay milagro posible sin fe.

Anaïs Nin

Viernes

Pongo los ojos en el infinito y finjo que escucho el *currucucú* que sale de entre sus labios finos recién perfilados. Habla a una velocidad de ocho y medio, pero todavía le queda margen para hacerlo aún más rápido. Frena para coger aire y ahí vuelve a asomarle la peca sobre la comisura, exactamente la misma que he heredado yo. Mi cuarto es el primero según se entra y permanece quieto, como un vigilante, junto a la puerta principal. Es el lugar más cálido de todo el piso y por eso desayunamos aquí. La una frente a la otra, en una mesa abatible que también utilizo para estudiar. El resto de la casa es una adherencia mal pegada. Mi cuarto sujeta el resto de la casa y del mismo modo, con una caña de pescar invisible que me sale por la boca, yo sujeto a mi madre. La agarro y no dejo que caiga por el agujero que se le abre desde el estómago y atraviesa el suelo bajo sus pies. Oscuro como el fondo de una alcantarilla, abierto en pleno mes de enero y en mitad del cemento. Si caes ya no hay vuelta de hoja, es decir, este es un agujero que una vez abierto ya no se puede rellenar de hormigón y tapar. Si dejara que se precipitara hacia las profundidades, por un despiste, por no haber estado atenta durante la noche, por haberle quitado el ojo de encima, no la volvería a ver. Me convertiría en una niña sin madre, la culpa sería mía y no de una enfermedad. Ante estas circunstancias, bajaría Dios del mismísimo cielo y se plantaría en la cumbre de mi barrio. En los búnkeres del Carmelo. En la zona paisajística que seduce a los turistas porque desde los asentamientos llenos de grafitis se ve toda la ciudad. Pero los que vivimos abajo, rodeados por las montañas, hartos de tantas cuestas, no subimos nunca a los búnkeres. Ellos miran Barcelona y le dan la espalda al barrio, al verdadero barrio que va hundiéndose justo detrás. Por eso, si la perdiera de vista, Dios se colocaría en una barandilla de cara a la Sagrada Familia y sin darse la vuelta, sin investigar las razones del agujero, los dolores de tripa, las grietas, los pavimentos mal cimentados, sin pedirle cuentas al pasado, a la arquitectura o a la Generalitat, a la reducción de costes, a las obras subterráneas para la llegada del metro, sin echarle un vistazo al sistema nervioso, a la cuenta bancaria, al moretón en la cara, a la voz del testigo, a los recortes de *El Periódico* o de *La Vanguardia*, sin pedir la opinión del público ni la opinión personal, me apretaría los hombros y dictaría una sentencia que se grabaría en mi frente ancha para toda la eternidad. En su voz habría un eco familiar, sonaría la voz de mi madre:

¿Culpable? Tú.

La voz de los niños del colegio:

¿Culpable? Tú.

La voz de Consuelo, mi catequista:

Por tu culpa, por tu culpa, por tu gran culpa.

Tal vez se unirían a esta sentencia las voces de la escalera de vecinos y las voces de nuestros familiares, pero sería yo la que levantaría el dedo índice y se señalaría a sí misma como una voluntaria. ¿Culpable? Yo. Por haber escogido el caminito malo. Niña mala, estropeada y dañada. Entonces, sin que le diese a Dios tiempo de reaccionar, me lanzaría tras mi madre de cabeza al agujero como me lanzo de cabeza a la piscina del polideportivo de la Vall d'Hebron. Los días que vamos de casa al colegio, del colegio a natación y de natación a casa.

Los viernes como este, en el que el agujero ya ha empezado a abrirse.

Ninguna de las dos menciona los últimos días o las últimas semanas. Las encerramos en un paréntesis como si se tratara de una época de la que no hace falta hablar en voz alta. Ella misma lo dijo anoche después de pagarle con billetes al taxista: «Este es Nuestro Secretito». Algo nuestro y de nadie más. Con el desayuno intacto encima de dos servilletas, la una frente a la otra, sentadas sobre la colcha de la cama, repite que no ha pegado ojo y que Ya-No-Está. Me cuesta desentrañar las palabras con el ruido de la hormigonera y de los coches colándose por la ventana del comedor y atravesando el pasillo hasta mi cuarto. No obstante, asiento y repito lo que ella hace y lo que ella dice porque esa es la función de un soldado. Cuando lanza la orden de proseguir con la línea de acontecimientos, desmantelamos la mesa y pasamos un trapo húmedo para abrillantar el rectángulo de madera que rápidamente va a ser plegado de vuelta a la pared. Verticalidad y movimiento de muñequitas rusas. Nos comunicamos con palabras huecas, nos desplazamos por mecánica y repetición. Memorizo y ejecuto las acciones que definen si me estoy portando bien, trato de funcionar como lo harían unos brazos adheridos al cuerpo de mi madre. Incluso en nuestro estado me recrimina que lo que hago está mal y, con cara de decepción, se pone ella a la tarea. Imposible desdecirla o llevarle la contraria. Unos días sin ella y ya he perdido la práctica. Plancha con las manos tres veces seguidas los pliegues de la colcha donde nos hemos sentado, rastrea que la superficie de la mesa plegada brille desde todos los ángulos de visión. Se desplaza hasta el teléfono y comprueba si hay llamadas o algún mensaje en el contestador, cosa que, por cierto, se le pasó hacer anoche. Cuando está segura de dejar el piso más o menos decente se santigua frente al espejo: «En nombre del Padre, del Hijo, del Espíritu Santo, amén». Y luego me santigua a mí poniéndome su dedo húmedo en el centro de la frente. Cuando era más pequeña pensaba que persignarse era un movimiento que empezaba en los pies y acababa en la cara. Que consistía en golpear el suelo con la punta del pie tres veces seguidas, dar varias vueltas giratorias y acabar con el signo de la cruz tres veces sobre el cuerpo con el dedo pulgar. Una cruz sobre la frente, una cruz sobre la boca y una cruz sobre el pecho. Pensaba que todo esto había que hacerlo estrictamente en el momento en que cruzábamos la puerta de casa y la puerta del portal, porque es ahí donde mi madre hace toda esta coreografía. No fue hasta que empecé la catequesis y Consuelo nos enseñó a persignarnos que me di cuenta de que los nervios de mi madre se solapan con los signos de fe. Ahora sí que soy capaz de separar unos de otros. Cada tres frases, mi madre se lleva la señal a la boca y luego golpea tres veces la mesa con los nudillos de las manos y tres veces el suelo con la punta del pie. Percibe un objeto fuera del sitio donde ella lo tenía colocado, y eso hace que vuelva a repasarlo todo. Cuelga y descuelga el teléfono, pasa un dedo por la superficie de los muebles para comprobar si hay polvo o pistas de algo, recoloca el jarrón en mitad de la mesa y calcula que las distancias desde el centro hasta los bordes sean exactamente iguales.

Por último, se toca el costado:

—Me doléis aquí. Parece mentira cómo está la casa. Gracias a Dios que ya le he dado una primera pasada. Sois iguales. ¡Va! Hay que salir pitando al colegio.

Frente a ella, mantengo la cabeza gacha y lanzo un perdón que ya tenía preparado pero que no sirve para nada. Habla en plural como si fuéramos muchos y como si tuviera una audiencia a la que rendirle explicaciones y demostrar que ella todo lo hace bien. Nos mete en el mismo saco a mi padre y a mí, como si yo estuviera con mi padre en vez de estar aquí con ella. Si tuviera un hermano, por lo menos las culpas nos caerían a los dos.

—¿Qué me he perdido?

—¡Nada!

—Te lo veo en la cara.

—¿El qué?

—Nada, déjalo. ¿Adónde miras?

—A ningún sitio.

—De repente me miras fijamente. ¿Tengo monos en la cara o qué?

Si me despisto diciendo una palabra que no toca, o mirando hacia donde no tengo que mirar, provoco en ella una crisis nerviosa. Cuando le pueden los nervios, toco madera en mi frente ancha para que todo vaya mejor. La habitación contigua, la de mi padre, permanece con la puerta abierta. Los materiales de obra que no cabían en el Fiat Brava debido a que había que hacer sitio para que pudiese sentarme en el viaje de ida al pueblo, y también para que se pudiera sentar mi madre en el viaje de vuelta, siguen en el suelo ocupando todo el espacio. Justo en medio, tal y como los dejamos mi padre y yo al salir pitando antes de ayer. Al mirarlos me entran ganas de llorar, pero las aprieto como cuando aguanto la respiración debajo del agua.

La habitación leonera de mi padre podría haber sido la habitación para un hermano muy pequeño. Es así como siempre la imaginé. Para uno que nunca creciera y que se alistara a mi ejército de la salvación, a quien podría dominar como yo quisiera. O para uno mayor, que me defendiera en el colegio, me acompañara en los asaltos y en días como el de hoy. Habríamos armado una trinchera juntos, seríamos dos soldados. ¿Uno para cada padre? Eso nos hubiera enfrentado. Uno vigilaría tras la puerta, otro tras la ventana que comunica con el patio. En los viajes, los dos vigilaríamos desde el asiento trasero.

Seríamos leales y justos.

Nos imagino interactuando en mitad del pasillo:

—Tenemos que posicionarnos.

—Cómete mis sardinas, haré lo que me pidas a cambio.

—¿Me dejas pasar a tu cuarto?

—¿Cuál es la palabra secreta?

—Calefacción.

Si me concentro y me olvido de todo, este año me lo imagino como un corte entre dos vidas. La vida de antes de ser una niña comulgada y la vida de después, todavía por venir, brillante y buena. He estado esperando la llegada de la calefacción como algo acorde con este momento histórico. Un salto hacia arriba para no tener que volver a pasar otro mes de enero como este. Aunque la llegada de la calefacción suponga un aumento en el control que tienen mis padres con los gastos. Cuando nos damos algún lujo, mi madre me hace cumplir sus normas a rajatabla: las galletas se tienen que comer de dos en dos, y tienen que durar mínimo una semana. Al vaso de leche hay que echarle máximo dos cucharadas de Nesquik. A la hora de dormir no se puede leer porque si no se dispara la factura de la luz. No se pueden dejar las luces encendidas cuando sales de una habitación. No se pueden hacer llamadas telefónicas a no ser que sean de máxima urgencia. Hay que comer todo lo que a una le ponen en el plato, incluso las sardinas. Se me había olvidado cómo es vivir bajo su mandato. Cuando dejo de apretar los ojos, pierdo la concentración y entonces me acuerdo de todo. De que mi madre se fue con su hermana hace quince días, de que los días con mi padre han sido como estar de campamento, y de que de todo esto parece que hayan pasado años.

Poner la calefacción y tener un hermano en un día como hoy me vendría bien, pero cualquier proyecto de reforma en este piso se ha suspendido y el hermano nunca llegó. Se escurrió del portarretratos de la fotografía familiar en un aborto. Eso dijeron, lo escuché con el oído pegado a la puerta de esta habitación a la que me van llegando todas las noticias del mundo. Fue aquí donde mi madre le comunicó a mi padre que su hermana estaba enferma y que teníamos que remar todos en la misma dirección. En el mismo tono con el que hablaban de dinero y lo escondían entre los libros.

Al volver la vista de nuevo hacia mi madre, mientras se pone el abrigo y se mira en el espejo del recibidor, veo que las pérdidas se le acumulan en el ojo.

Un nervio parpadeante aparece y desaparece.

Un tembleque recorre su cuerpo y no la deja en paz.

Pero, de haber nacido chico, ¿habrían ido mejor las cosas? Me imagino a mí misma siendo el hermano, meando de pie. Mi padre suele llamarme Fill Meu, es decir: Hijo Mío. También me pone la zancadilla, me obliga a responder al ataque y a no caerme de bruces.

A veces pienso que siendo chico sería capaz de defenderme en el colegio y de defender a mi madre como los héroes de mi padre, como Napoleón o como Alejandro Magno. Con un cuerpo de hierro en vez del cuerpo espagueti que me ha tocado, más parecido al del Jesucristo colgado en la pared de la iglesia de Santa Teresa, cargando la cruz. A mi madre se le escapó el hijo al sentarse a mear, antes de lo previsto. Por eso cuando se asoma a la habitación que habían destinado para él lo hace de puntillas, es una habitación sarcófago. Si mi hermano hubiese estado aquí presente, habríamos tirado abajo la pared que separa las dos habitaciones, para ganar espacio. Las dos habitaciones juntas ahora serían una pista de patinaje (pequeñita), una piscina de natación (pequeñita), ¡un escenario con patio de butacas! (¡pequeñito!). Antiguamente le pedía a Dios que enviara al hermano de nuevo porque pensaba que con él podía llegar otra forma de vida para los tres, pero mi madre decía que al niño ella lo llevaba sujeto debajo del corazón. Al parecer, desde ahí, el niño le da fuerzas. Cuando dice este tipo de cosas me pongo triste porque yo, estando fuera, no ofrezco lo mismo. La habitación podría organizarse mejor y convertirse en una biblioteca llena de libros ordenados en la estantería por orden de adquisición, pero es un tanatorio donde mi madre se ha pasado la noche llorando. Con mi padre se convierte en un cuartel general donde se va acumulando la ropa sucia, lo estropeado, lo viejo, las herramientas de la obra, los mensajes secretos en su Nokia, el chaleco amarillo reflectante y las bandejas de aluminio. Mi madre se refiere al cuarto como leonera: el lugar del desastre, la acumulación de lo estropeado y lo viejo, los secretitos, las facturas, las libretas y las colecciones del quiosco. Dados los acontecimientos, se podría limpiar la habitación y dejarla como un estudio parecido al de los arquitectos donde yo pudiera hacer los deberes y escribir mi redacción para el certamen de Coca-Cola. Todos los años, para el día de Sant Jordi, escribo una redacción para los Jocs Florals, un certamen literario que hacen en las escuelas y al que me presento utilizando como seudónimo el nombre que hubiera escogido para mi hermano, pero este año hay otro concurso aún más importante. Es un concurso nacional. Compiten todos los colegios de España. La elección de los finalistas se hace el día de la Fundadora, un día de celebración en mi colegio. Si llegara a ganar me darían el premio y podría hacer con él lo que quisiera. Por ejemplo: subastarlo entre los Lapiceros y guardarme el dinero para llevar a mis padres de vacaciones, no al pueblo, sino a un lugar al que haya que ir en avión. Nunca hemos cogido un avión los tres juntos. Nunca he cogido un avión. Unas vacaciones podrían solucionar las cosas, pero la verdad es que los últimos días no he podido dedicarme a escribir la redacción.

Los libros están al fondo, cubiertos de polvo; para llegar a ellos hay que saltar entre tubos de aluminio, sacos de cemento, paneles de acero, y sobre todo tener cuidado con la viga situada en diagonal de un extremo del techo al otro, la colocamos ahí entre mi padre y yo antes de que sonara el teléfono y tuviéramos que irnos corriendo. Da la sensación de que sostiene las paredes que separan el cuarto de mi habitación y del comedor. Cruzo protegiéndome la cabeza con las manos como si así pudiera evitar que algo se mueva y me caiga encima. Husmeo los papeles que hay en la mesa del fondo, uno de ellos doblado a conciencia. Al cogerlo me lleno de polvo y siento en el cuarto el olor a padre. Casi puedo ver sus manos llenas de cemento moviendo papeles, haciendo sumas y restas en los sobres de las facturas, enviando mensajes desde el teléfono. Mi madre me obliga a salir y a cerrar la puerta de la estancia.

Se mira en el espejo del recibidor y ordena:

—Hora de volver al colegio.

—¡Sí!

—¿Cómo estoy?

—Muy guapa.

Ante todo es una mujer presumida, pero por dentro el tembleque sigue recorriendo su cuerpo y no la deja en paz. Nos enderezamos y salimos de casa juntas. Nos deslizamos a la par, en una procesión de dos, cabizbajas y en silencio. Mi madre pone sus manos en la cruz que le cuelga del cuello y yo las mías en los bolsillos.

Antes de que muriera por primera vez alguien de mi entorno, justo antes de que llegaran las obras al barrio y en consecuencia un sonido de maquinaria que solo se apaga por las noches, entre la portería y la puerta de casa existía un terreno que era tierra de nadie. Un lugar fuera de los ojos de los adultos que podía explorar a mis anchas vestida de arlequín o de Caperucita Roja. Ahora parece que de eso ha pasado mucho tiempo. Al poner un pie en la escalera se encienden las luces automáticas y se oyen los pasos de otra persona. Mi madre me manda callar. A nuestro alrededor todo es mármol agrietado y gotelé. Las dos deseamos lo mismo: que no se presente, que no sea él. Antes, la escalera era una zona en la que divertirme, sabía que corría el riesgo de encontrarme con algún vecino y ser interrogada, pero la escalera actuaba más bien como máquina amortiguadora. Si mi madre me encomendaba algún recado, como ir a tirar la basura o vigilar a mi padre en sus escapadas, salía del piso, cerraba la puerta, bajaba veinte peldaños de escaleras y me instalaba en el pasillo. Lo recorría arriba y abajo escuchando el MP3 que me habían regalado tras un ingreso en el hospital por falta de aire en el pecho que asustó a mis familiares. En especial a mi tío, al que ayudaba en el quiosco algunas tardes sueltas en que mi madre tenía entrevistas de trabajo. De él recibí mis mejores adquisiciones, no solo el MP3 sino también disfraces, las colecciones de libros y un micrófono de verdad que no podía conectar a ningún sitio y que por lo tanto no funcionaba. En la escalera me dedicaba a cantar las canciones del MP3: Los Brincos, Camela, Mecano, Manzanita y, sobre todo, La Oreja de Van Gogh. El pasillo se volvía una pasarela y la pared se llenaba de público. Me olvidaba de que hacia arriba había vecinos y también de lo que empezaba a ocurrir detrás de la puerta de mi casa. El pasillo de la escalera era como tener para mí sola en algunos momentos una habitación más amplia que podía convertir en cualquier cosa. Como cada cinco minutos se apagaba la luz, daba saltos para que se reactivara, pero le costaba mucho detectar mi cuerpo, así que la mayoría de las veces me quedaba a oscuras. Si escuchaba abrirse la puerta del portal corría a esconderme en el cuartito de la instalación eléctrica, esperaba a que el vecino que había entrado pasara y luego salía de mi escondite. En la zona de los buzones imaginaba que se encendían unos focos que me iluminaban, hacía pasos de baile y me deslizaba por el suelo con mucha facilidad, como si llevara patines, como una reina del pop, como una bailarina girando en el margen de su cofre, como un gusano de seda en una caja de zapatos. Cantaba las canciones que había visto interpretar a Amaia Montero en la gala de fin de año de Televisión Española y sonreía al decir según qué frases. Las letras de sus canciones me conducían directamente a Tasio. Por eso, cuando me cansaba de ser cantante, empezaba a besarme con las paredes, practicaba posibles besos con mi enamorado. El niño navarro que me había ofrecido tomates de la huerta el último verano en el pueblo de mi madre. Era costumbre pasar allí todos los veranos, rodeada por las montañas, con la posibilidad de salir a jugar sola a la calle. En el pueblo no soy la hija única que soy en la ciudad, yo estoy acompañada de niños y mi madre de familiares. Aunque es cierto que durante todo un mes no vemos a mi padre. Hasta el último verano, no me había sucedido algo así. Conocer a alguien y sentir el enamoramiento en el pecho, como en las películas. Y aún menos que un niño me hiciera una ofrenda a modo de declaración. Desde entonces, su cara se confundía con la de los niños de mi colegio, con la de los niños del barrio y de la televisión. Practicaba con la pared imaginándome a Tasio delante de mí, y también le lanzaba preguntas a gran velocidad.

En la escalera, cantaba para él:

Te voy a escribir la canción más bonita del mundo,
voy a capturar nuestra historia en tan solo un segundo.
Un día verás que este loco de poco se olvida,
por mucho que pasen los años de largo en su vida.

Si se me declarara alguien, le diría que espero a Tasio.

Los pasos que se oyen al cerrar la puerta de casa no son los de mi padre, sino los del señor Virgilio. Durante el día atiende asuntos de la comunidad porque ya no trabaja. Cuando yo me dedicaba a jugar en la escalera él todavía trabajaba en la fábrica de plásticos de delante de casa, y la señora Pepita aún estaba viva.

La señora Pepita tenía el pelo corto, los ojos muy pequeños y los labios de piñón, aunque lo que más recuerdo son las manos temblorosas, sus uñas largas y el esmalte a juego con los pendientes de perla. Cada vez que abría la boca era para decir que la ciudad se le había quedado grande, y cuando hablaba se rascaba la cara. A mi madre y a mí el ruido de la uña nos daba dentera. También decía que la ciudad iba a borrarla del mapa, como si Barcelona fuera una goma de borrar. Casi todas las vecinas del barrio eran parecidas a la señora Pepita. Venían de otras partes de España, de pueblos, se dejaban las uñas largas, se las pintaban con el esmalte de perla y solo algunas habían sido capaces de conseguir una vida como Dios manda, según decían ellas mismas. Yo ponía la oreja en sus conversaciones cada vez que nos las cruzábamos y saludaban a mi madre. Nunca iban con el marido, supongo que por eso caminaban torcidas hacia el lado en el que cargaban la bolsa de la compra. Decían que en el pueblo se sabían el nombre de sus vecinas, pero en la ciudad:

—Si te he visto no me acuerdo.

Solo se dirigían a mí cuando les llamaba la atención algo de mi apariencia; sin embargo, solían darle consejos a mi madre porque ella era de las más jóvenes de la escalera y del mercado.

—Si puedes, vuélvete a vivir al pueblo —la incitaba una.

—Y no dejes que se te borre nunca esa sonrisa —decía otra.

Mi madre asentía con una sonrisa forzada pero verdaderamente muy bonita, y a mí se me quedaba una idea clavada entre ceja y ceja: la posibilidad de irnos al pueblo a vivir, cerca de la familia materna. Pensaba esto y me aferraba al brazo de mi madre, para que a ella no le pasara eso de torcerse. Cuando las señoras jubiladas hacían corrillo parecía que en vez de ojos tuvieran un binocular, enseguida desgranaban lo que pasaba a su alrededor, las enfermedades, la nueva moda de los matrimonios divorciados, los vecinos recién llegados, los vecinos en paro y lo más importante: el progreso en la construcción del túnel de la línea 5 para la llegada del metro a nuestro barrio. Esperaban que ampliaran la línea azul con la misma expectación con la que yo me dedico a esperar el día de mi comunión.

Como si la llegada de los días que tenemos marcados en el calendario fuera a cambiar nuestras vidas.

Los últimos años, la mujer del señor Virgilio había dejado de ir a la peluquería o de moverse de casa más que para comprar el pan. Por eso le pedía a mi madre que subiera a su piso a cortarle las puntas y a ponerle los rulos, y mi madre lo hacía de buena gana porque, aunque no ejercía y nadie se acordaba de eso, ella había estudiado para ser peluquera y estetición. Había trabajado en un salón de peluquería, antes de marcharse del pueblo.

La última vez que vi a la señora Pepita en la escalera murmuró que me parecía cada vez más a mi padre. Elevó sus manos temblorosas, las alzó hacia mi corazón y me tocó los pechos para comprobar si era como una vaca y tenía leche. Pasó de ordeñar mis mofletes a pellizcarme los pezones. También dijo que me veía como a una nieta, por eso creo que no se enfadaba cuando la incordiaba tocándole obsesivamente el telefonillo en mis escapadas a la escalera. Esa era otra de las cosas que me gustaba hacer, tocar primero el timbre de la señora Pepita y luego el de la Pescadera haciéndome pasar por una vendedora ambulante. La Pescadera por aquel entonces ya se había aficionado a comprar artículos en la Teletienda, yo escuchaba el sonido de su televisión desde la ventana de mi cuarto, de primera a última hora del día. No fue hasta que abrieron los bazares orientales que empezó a moverse del sofá no solo cuando le tocaba limpiar la escalera, sino también para desplazarse de casa al bazar y del bazar al sofá. Solía regresar a la hora en que yo vuelvo del colegio y de esos viajes me traía cofres de madera pequeñitos porque le gustaba hacerme regalos, como si yo también fuera su nieta o una muñequita encerrada en una casa de muñecas por decorar. Un día tuve que decirle que ya tenía la estantería llena de cofres y que no necesitaba más. Cuando le tocaba el telefonillo a ella, le recitaba una lista de cosas que podía venderle: joyas, libros, herramientas, material de limpieza, vajilla de boda, sobres sorpresa (donde había pensado meter los cofres de madera que ella misma me había regalado) e incluso potes de yogur de cristal vacíos en los que copiaba con rotulador permanente poemas inventados:

La Pescadera es adicta
a los cofres de madera.
La señora Pepita
tiene una visita.
La uña de la señora Pepita
es de color perlita.

En el pueblo hay un señor Otilio
y en la escalera, un señor Virgilio.
Parece un principito
el hijo del Pajarito.

Si tocaba el telefonillo del Pajarito lo hacía para preguntar por su hijo, pero nunca me atrevía a pedirle que bajara a jugar conmigo. Esto era algo que las vecinas le recriminaban a mi madre:

—¿No se aburre la niña de jugar sola? ¡Dale un hermanito!

Pero yo ya me había empezado a hacer a la idea de que el hermanito no iba a llegar. También me había acostumbrado a ser hija única y a sacarme de la manga hermanitos con los que jugar. Si alguna de las puertas de los vecinos se abría inesperadamente, tenía que echar a correr para subir las escaleras y meterme en casa, pero ese rato ya no me lo quitaba nadie. Con la muerte de la mujer del señor Virgilio, la escalera se convirtió en un coche fúnebre, y con la llegada de las obras los focos se apagaron del todo. Tal vez con ello Dios había querido enderezarme, porque se acercaba un momento crucial en mi vida de niña a punto de comulgar.

Pese a las pérdidas que los adultos llaman derramas, para mí, la zona de los buzones sigue siendo un lugar al que imagino que puede llegar una carta..., un poema..., o una declaración... de Tasio.

No entiendo lo que dice cuando habla. Sus ojos se pierden dentro de dos charcas oscuras. Se me ocurren maneras para ponerle de mal humor: robarle el bastón que ha dejado apoyado en la pared, salir corriendo con la carpeta de sobres que sujeta como un tesoro en la mano o ponerle la zancadilla, pero no juega a mi favor hacer maldades porque Dios está vigilándome todo el rato, haciendo un recuento de mis buenas y malas acciones.

Lo más importante este año: las notas y la comunión, eso dictaminó mi madre anoche.

El señor Virgilio nos mira de frente y alza la voz:

—¡Pero bueno, madre e hija! ¿Dónde se habían metido?

—Acabamos de salir de casa.

—Hacía días que no las veía, aunque a la niña no tantos.

—Asuntos personales.

Los asuntos personales deberían tratarse con la importancia de los asuntos de Estado, pero solo algunos salen como titulares en las noticias, cuando ya es demasiado tarde. Los asuntos personales se quedan encerrados con pestillo dentro del piso y guardados en la boca con cremallera. Porque, como dice mi madre, a la hora de la verdad es mejor mantenerse cada uno en su casa y Dios en la de todos.

El señor Virgilio no se da cuenta de que algo va mal, no percibe el cuerpo de mi madre abandonado y nervioso. Nos mira de frente, pero solo le importa escucharse a sí mismo. Todo el edificio tiene asumido su cargo y lo respeta por miedo a que como presidente de la comunidad tome represalias. Para evitar que los nombres del buzón aparezcan en la lista de morosos que cada trimestre le presenta al gestor, eso he oído de él en casa. Mi madre mantiene bien tiesa la cabeza y yo la imito. Actuamos públicamente como mi padre nos ha enseñado, aunque mi padre ahora mismo no está. Señalo la carpeta para desviar la atención hacia otra cosa. Me pregunto mientras estiro el brazo hacia el buzón si el señor Virgilio es el responsable de que no haya recibido ni una sola carta de Tasio, también me pasa por la cabeza que los días en que la Pescadera friega la escalera del edificio coinciden con los días en que mi buzón está vacío. Pienso que cualquiera de los dos sería capaz de robar una carta en la que pusiera en letras mayúsculas mi nombre, pero por un momento se me ocurre que también podría haberla cogido mi padre, puesto que todas las cartas que recibimos son para él. Además, la última semana ha revisado mucho el buzón. En ningún momento valoro la posibilidad de que Tasio no vaya a escribirme nunca. Voy directa a comprobar si hay noticias, meto con ansia los dedos por la rendija por la que se echan las cartas y noto un sobre pero no puedo pescarlo. Mi madre me tira de la manga en señal de descontento y el presidente aprovecha para interrumpirnos:

—Acabo de dejarles una notificación. —El tono del señor Virgilio es contundente.

—La niña está mirando a ver si hay propaganda —dice mi madre.

—¿Dónde está el padre?

Mi madre no abre la boca pero el señor Virgilio prosigue sin dejarnos en paz, no muestra piedad con ella pese a que fue la primera en lidiar con el cuerpo gélido de su difunta esposa, cosa que, por cierto, le pasó factura a mi madre en los nervios.

—Debo hablar con él —continúa el presidente.

—Lo ha tenido aquí toda la semana para hacerlo.

—¿Le puede pedir cuando vuelva del trabajo que venga a buscarme?

—Se lo diré. —Mi madre parece cada vez más inquieta.

—Cuando lea la carta, que hable conmigo.

—¿Qué carta es?

—Que la abra y que la lea él.

—Bueno.

—A poder ser, antes de la reunión de esta noche.

—Eso ya no lo sé.

—Y recuerden que hoy se corta el agua de diez a cuatro. Habrán leído el aviso.

No, no lo hemos leído. Anoche subimos la escalera muy deprisa para que el detector de la luz no se percatara de nuestros cuerpos y así no se encendieran las bombillas. Por el miedo de mi madre a que alguien, al escucharnos llegar tan tarde y solas, pudiera sospechar algo y empezar con habladurías. Al pasar por delante de los buzones dijo sigilosamente: «Han puesto un cartel, mañana lo leo».

—Sí, ya lo vi. —Abre la boca y miente.

—Es debido a las obras que van a iniciar en la fábrica.

—¿En la fábrica?

—Ya era hora de darle una vuelta a este barrio.

—Bueno, hay ruido de excavadoras por todas partes.

—Asegúrese entonces de que su marido viene a la reunión.

—Seguramente me pasaré yo.

—Tiene que hacer acto de presencia él.

—Irá mi madre —intervengo en la conversación.

—Pues que el padre venga a hablar conmigo antes o después. El asunto es serio —replica el señor Virgilio, mirándome de arriba abajo.

Luego se vuelve otra vez hacia mi madre y retoma la discusión.

Entre ellos, la charla parece una partida de pimpón, y la escalera de vecinos ya no me resulta un lugar tranquilo de divertimento, sino más bien un espacio de exposición. Para distraerme, me concentro en el ruido que hace la piqueta. Cuento el número de golpes que se acumulan hasta que podemos salir por la puerta.

La primera muerte llegó a la escalera de vecinos y la segunda ha alcanzado a la familia. Ahora me parece que una vino como un aviso de la otra. La primera se quedó en la entrada de nuestra casa, y la segunda se ha metido hasta dentro.

Cuando murió la señora Pepita, al principio no creí que hubiera muerto. La muerte parecía una cosa que pasaba solo dentro de la pantalla de la televisión, y aunque estaba claro que la señora Pepita vivía un piso por encima de nosotros, de entrada pensé que si se había muerto era porque llevaba una doble vida. Una vida como jubilada y otra como actriz de telenovela. Su muerte coincidió con el asesinato de la protagonista de la serie de La 1 que físicamente me recordaba a ella. Sucedió el día en que el señor Virgilio se jubilaba de la fábrica de delante de casa donde él y sus hermanos empezaron a trabajar al llegar a Barcelona. Desde hacía unas semanas parecía otro, estaba alegre porque le quedaban apenas dos días, se había afeitado el bigote y contaba anécdotas parándonos en mitad de la escalera, como la del día en que a uno de sus hermanos una máquina de cortar plástico le rebanó dos dedos y tuvo que aprender a firmar con la otra mano para fichar.

—Firmábamos al entrar y al salir y nuestras firmas eran de artista. Pero un día, por ir con demasiada prisa, mi hermano se quedó sin su buena letra y sin los dedos índice y corazón.

Tras escuchar aquello pasé varias noches aterrada imaginando el daño que podían causar las herramientas que utilizaba mi padre en la obra o los accidentes que podían producirse en las jornadas de reparto de pollos asados. Sin embargo, su otro trabajo en Correos y Telégrafos no me hacía sufrir, porque visualizaba a mi padre como un repartidor de cartas de amor.

La jubilación del señor Virgilio empezó el día en que su mujer cayó desplomada en el pasillo de la escalera debido a un infarto. No fue él quien la encontró, sino mi madre. Volvía de haberme dejado en el colegio y al abrir la puerta del portal la vio tendida en el suelo. La vecina de arriba, con la barra de pan bajo el brazo. La cara fría, los ojos cerrados y la boca abierta como si fuera a lanzar un grito de los que se colaban por mi ventana. Mi madre perdió un par de kilos del susto y horas más tarde, con los nervios muy alterados, describía detalladamente a la señora Pepita.

—Mira que su cuerpo era fino y pequeñito cuando la veías de pie, pero allá tumbada ocupaba todo el pasillo. Parecía que no quería dejarte pasar, que lo hacía adrede. Le toqué la cara porque no sabía qué hacer. Tenía los ojos cerrados, pero la boca parecía que estaba a punto de confesar. La mandíbula desencajada. El cuello torcido. Los brazos flácidos. Las piernas dobladas. La piel seca pero fría como un congelado. Las uñas moradas y afiladas como cuchillos. Tuve que tomarle el pulso y ya no lo encontraba. Quién me iba a decir a mí que me iba a topar con esto. Por algo Dios me pondría a mí en esta tesitura.

Y cuando decía la última frase, volvía a empezar y rellenaba otros huecos. Como si recitara un texto que se había aprendido, como si cada vez se lo recitara a una persona distinta, como si lo escribiera en el momento, como si alguien le hubiese echado las culpas y tratara de defenderse.

De público solo me tenía a mí.

Recuerdo taparme los oídos porque no me quería imaginar a la señora Pepita inmóvil, sin hacer ese ruido con las uñas largas que nos daba dentera. A la noche, cuando llegó mi padre, mi madre recapituló para él todo lo que había pasado desde el principio. Al cabo de unos minutos de conversación me despidieron del cuarto diciendo que tenían que hablar de cosas de adultos. Como si no hubiera escuchado ya todo lo que tenía que escuchar, pegué la oreja a la pared y empezó a recorrerme por todo el cuerpo la tensión de las noches. A diferencia de otras veces, mi padre elogió a mi madre por haber sido tan rápida en subir a llamar a la ambulancia por teléfono, y con ello se me metió una nueva imagen de ella en la cabeza. La de una médica de bata blanca corriendo por el pasillo de la escalera para salvar una vida. Una madre capaz de todo y un padre que la escuchaba con serenidad. Me fui a dormir pensando que la muerte de la señora Pepita nos había hecho un favor.

Aquel día el señor Virgilio quedó jubilado y viudo. Como la pareja no tenía hijos, al presidente de la comunidad se le acabó de golpe el trabajo, el matrimonio y la compañía. Creo que por eso se le instaló en el rostro una mueca sombría, los labios se le torcían hacia abajo y nunca más volvió a hablar de aquella novia que se había traído a los veinte años después de sacarla a bailar en la plaza, metida en los bolsillos. Tampoco de los viajes al pueblo en verano, parecidos a los nuestros, cruzando la estepa española en coche. Ni del viaje que un día querían hacer a la playa de Salou, como los que nosotros hacíamos a la playa de Castelldefels. Únicamente tomaba nota de los desperfectos que había en el edificio y en el barrio, daba órdenes de funcionamiento, recogía firmas para instalar un ascensor, colgaba carteles en la pared y lanzaba comunicados. Por eso se hizo presidente, para matar el tiempo. No llegó a preguntarle a mi madre por cómo se había encontrado a la señora Pepita, ni siquiera al día siguiente, cuando ella acudió a darle el pésame al tanatorio. Ni el día de después, cuando fue al funeral. Este tipo de cosas hacía mi madre cuando me dejaba en el colegio. Dedicarse a la casa y a otros asuntos que se le iban acumulando por dentro, porque no todo lo que hacía me lo contaba. Había cosas que no me podía imaginar. También había cosas que no llegaba a entender. Como, por ejemplo, que continuara hablando de la señora Pepita como si nuestra vecina siguiera aquí.

Como mi madre pasaba mucho tiempo sola, cuando estaba conmigo hablaba sin parar. Habla a una velocidad aplastante, y por eso mezcla los tiempos, los recuerdos y las personas. Ahora solo me tiene a mí para hablar en alto y obtener respuestas.

Cuando pienso que mi madre solo tiene a una niña para compartir sus pensamientos, desearía hacerme mayor de golpe.

Los silbidos que vienen de tres pisos más arriba interrumpen el momento tenso entre el señor Virgilio y mi madre. El Pajarito desciende por las escaleras con varias jaulas en la mano cubiertas con una tela. Cuando llega al pasillo donde nos encontramos saluda sujetándose un cigarro en la oreja. Pregunto por los pajaritos, pero ni se inmuta. Me gustaría saber por qué lleva las jaulas cubiertas con una tela. Sufro porque un día alguno de los pajaritos no pueda respirar, pero según tengo entendido se hace cargo de ellos más que de su hijo porque tras cuidarlos las primeras semanas de vida los vende y con ese negocio se saca un dinero extra. Una vez mi padre le compró un pajarito que dejamos en una jaula pequeña que colgaba de la ventana exterior del comedor. Me concedieron a mí ponerle el nombre, pero lo más parecido a un hermanito que había tenido nunca me duró poco. Al cabo de un par de semanas, Flayer ya había encontrado la fórmula para escaparse.

Concentro mi atención en tratar de vislumbrar los pajaritos bajo la tela de cuadros pero no veo nada, ni siquiera los oigo piar.

—¿Cuántos caben en cada jaula? —pregunto.

—Hoy a la misa de los vecinos, ¿no? —El Pajarito se dirige al señor Virgilio, sin contestarme.

—Quiero puntualidad —interviene Virgilio.

—¿Y tu marido viene? —El Pajarito vuelve la cara hacia mi madre.

Mi madre niega sin abrir la boca.

—¿Dónde está tu marido? No se le ve el pelo...

En ese instante pienso que la escalera de vecinos parece un aula de colegio.

Siempre que nos cruzamos con el Pajarito pregunta por mi padre, y yo sé que le guarda admiración. Primero porque cuando lo tiene delante lo mira desde abajo como una rana. Segundo porque nunca le lleva la contraria. Mi padre es alto y guapo, aunque casi siempre va con ropa de trabajo que no le luce. Cuando se viste de domingo, bajo las indicaciones de mi madre, parece un hombre que sabe mucho, que se pasa los días leyendo sin cansarse el cuerpo, e incluso el moreno de su piel parece moreno de playa en vez de moreno de obra. Pero no es así, todo lo que sabe lo sabe porque es muy listo. Tanto el Pajarito como mi padre pasan muchas horas fuera de casa, pero más mi padre. Cuando se encuentran en la escalera hablan de fútbol, de negocios y de hijos. El Pajarito admira a mi padre porque sabe de muchas cosas, puede hablar de fútbol pero también de historia. Si todo hubiera ido de otra forma, mi padre habría podido sacarse una carrera, pero tuvo que ponerse a trabajar muy pronto. En los temas serios frunce el ceño, alza la voz y aprieta la mandíbula, cosa que de primeras asusta pero yo creo que en realidad es la única manera que tiene de hacer creer que tiene razón. El encuentro siempre finaliza con una carcajada, porque mi padre tiene otro don: hacer reír a la gente.

El Pajarito lleva el pelo engominado, se lo repasa con la palma de la mano como si fuera un cepillo, huele a colonia recién echada en su cazadora de cuero. Habla con el presidente de la comunidad con más soltura que cuando habla con mi padre, entre frase y frase me guiña un ojo. Mi madre me agarra el brazo en señal de urgencia. A ella no la dejan hablar. El señor Virgilio recuerda la famosa lista de pagos pendientes, el ruido de las máquinas cobra protagonismo, se pierden las palabras entre las grietas de la pared. En este edificio cada quien tiene lo suyo, a veces me parece que todos estamos enjaulados y que por eso al hablar hay que hacer un esfuerzo; de pronto se nos escapa un temblor y, aunque en ocasiones siento que el temblor lo generan las máquinas que rodean el barrio y sacuden las paredes, en realidad hace rato que se nos ha metido en el cuerpo, como cuando sin darte cuenta te cala el frío. Trato de pensar a quién elegiría si pudiera cambiar mi papel con alguien, y dado que en la escalera soy la única niña, se me hace un agujero en la imaginación. Me gustaría cambiarme por alguien de otro edificio, de otro barrio, o por un pajarito capaz de escaparse volando de una jaula.

Salto el peldaño del portal alzando la vista hacia el cielo. Para no pensar en los últimos días, me acuerdo del último día de verano. Sentada en un banco del parque del ayuntamiento del pueblo junto a Tasio, escribí con tiza en el suelo el nombre de mi calle, tal y como aparece en la placa de nuestra fachada:

Dante Alighieri – Escritor

¿Entendería Tasio que le estaba dejando mi dirección para que nos escribiéramos cartas?

Vuelvo la mirada hacia mi madre. No tengo claro si la vida de ahora va a ser igual a la vida de antes. Baja el peldaño tras de mí, me agarra de la mano, da tres vueltas sobre sí misma y hace la señal de la cruz.

En el colegio nos explicaron que Carmelo en hebreo significa viña o jardín de Dios. Por eso las vecinas del barrio, cuando mi madre les dice que este año hago la comunión, suelen bendecirme diciendo: «Del Carmelo al Cielo».

El Carmelo es el barrio más alto de Barcelona y es ahí donde vivimos. Fachadas inclinadas y calles en desnivel con nombres de pantanos, porque por aquí antes pasaba un río. Cuestas empinadas hechas adrede por Dios para ejercitar el glúteo y poner a prueba el sacrificio. Tres colegios, uno en cada extremo del barrio. Un mercado junto a la iglesia donde hago la catequesis, al lado de donde están excavando el túnel por el que pasará el metro. Una tienda de ropa infantil donde las madres nos compran la bata de los diferentes colegios. Una zapatería. Una mercería. El taller del mecánico y bares con nombres del tipo Aki Stamos Tos en cada esquina y cada cuatro portales, para que los hombres tengan siempre una excusa para escabullirse de casa e ir a ver el fútbol. A ver el partido se va en fin de semana y entre semana, y da igual que sea o no el Barça el que meta gol, porque en mi barrio hay gente de todos los equipos. Desde mi cuarto puedo oír a los hombres aglutinarse en el bar de abajo y hacer temblar el suelo. Mientras descendemos por la calle Dante mi madre va saludando a algunos vecinos con la cabeza, y yo hago lo mismo. Bautiza a las personas con un nombre diferente al propio, según lo que sabe o lo que piensa de ellos. El Abuelo no es que sea mi abuelo de verdad, pero le tenemos cariño porque siempre nos lo cruzamos cuando vamos a rellenar garrafas de agua a las fuentes de Montbau, o cuando me lleva a natación, cerca de la Clota, en las pistas que hay para jugar a la petanca. Ella le otorga el título y yo aprovecho para hablar de él en el colegio como si realmente tuviera un abuelo. Sabe mucho de ligas y al parecer había estado a punto de formar parte de un equipo de primera, pero pronto se descubrió que esto era una mentirijilla que él contaba por la pena o la rabia que le daba haber tenido que ganarse la vida con el camión. Según mi madre, la carretera fue la única mujer que logró capturarlo y apartarlo del campo de fútbol. Según mi padre, el Abuelo dejó novias en todos los puertos de la Costa Brava en los que paraba a descargar mercancía, porque aunque ahora está arrugado y se sostiene con un bastón, de joven era un guaperas.

A mí, como a mi madre, me gusta bautizar a las personas con el nombre del animal u objeto al que se asemejan, por eso hablo de mi única amiga como la Topa, porque solo se atreve a estar conmigo cuando se esconde del resto de los Lapiceros. Hace un par de días que no nos vemos y por un instante me planteo qué pasaría si le contara Nuestro Secretito, el que solo compartimos mi madre y yo. Enseguida borro la idea de mi cabeza. Hago un repaso hacia delante y hacia atrás de las otras madres que bajan a sus hijas al colegio, pero no veo a la de la Topa.

Cuando la mujer del carnicero nos saluda, mi madre ni siquiera responde, va analizando el estado del barrio en voz baja, pero por la cara que pone me da la sensación de que por dentro está pensando en los acontecimientos de los últimos días.

—Parece que hay cada vez más contenedores de desechos por las esquinas de este barrio.

—Ya.

—¿Solo sabes hablar con tu madre con monosílabos?

—No.

—Hija, niegas la fe de Cristo.

—¿Qué vas a hacer hoy? —intervengo con lo primero que se me ocurre.

—Sí, ahora eso. ¿Y a ti qué te importa? ¿Acaso tú has abierto la boca para contarme algo de estos días?

Cualquier fallo por mi parte provoca un desequilibrio. El otro es mi padre y lo que he hecho con él no aporta nada a su estado de nerviosismo, por eso calibro la información que suelto y lo que tengo que callar me lo callo. Ignora mi desconcierto y en un tono más desenfadado sigue con su retahíla, diciendo que están poniendo el barrio patas arriba.

Cosa que es verdad.

Las últimas semanas, el ruido de las máquinas se ha incrementado y cuando pones un pie en las baldosas tienes que ir con cuidado de no resbalarte, las calles están llenas de polvo. De pronto frena en seco, se calla y me tira del brazo para que la mire de frente. Tiene la melena corta y lisa como Cleopatra, algunas madres le preguntan si se ha hecho un alisado permanente o si cada día se plancha el pelo, pero mi madre tiene suerte, ha nacido con la melena perfecta y como fue peluquera sabe cómo peinársela. Revisa mi apariencia y me alisa la ropa con las manos, como si no lo hubiera hecho ya varias veces antes de salir de casa. Al mirarme pone cara de decepción. Atiende a los cuerpos como atiende a los muebles, preocupándose obsesivamente de su mantenimiento.

—Péinate mejor la coleta, por favor.

—Sí.

—No se te ocurra dejarte el pelo suelto en el colegio.

—No.

—Lo más importante este año: las notas y la comunión.

Me repite los mandamientos para este curso. Me pega los objetivos en la frente como si me pegara un cartel y yo repito sus deseos en voz alta. Me sube la manga del abrigo y con la yema del dedo índice dibuja en mi brazo dos caminitos.

—Ya has visto lo que es la vida. Pero hasta que Dios nos lo permite, todo se reduce a una decisión. ¿Me estás escuchando? En la vida hay dos caminitos. ¿El caminito...? —Me pone a prueba dejando que acabe sus frases, para comprobar que la escucho cuando habla. Por eso respondo rápidamente:

—¡El caminito bueno!

—Y el caminito...

—El caminito malo.

—¿Y cuál es el verbo más importante de todos?

—Aceptar. —Lo digo flojito, titubeando.

—¡No!

—Elegir.

El caminito aparece en mi mente como una carretera entre Navarra y Barcelona. Como la cuesta de la calle Dante, que empieza en mi casa y acaba en el colegio si no cambias de acera. Como el túnel que están construyendo por debajo de la tierra, el que conectará el barrio con el centro de la ciudad.

—¿Y tú qué caminito quieres elegir?

Respondo bien alto, dispuesta a entregarme primero a ella y luego a Dios. Ahora que ha vuelto, y todavía más que antes, le soy leal como un soldado:

—El caminito bueno.

Además de que nos van a poner el metro también han ido abriendo en el barrio nuevos establecimientos. El Photoprix, donde todos los niños de mi catequesis nos haremos el álbum de fotos de la comunión posando delante de una cámara, como si fuéramos modelos de anuncio. Los bazares orientales, donde la Pescadera compra cofres de madera. El locutorio de Edgardo Nelson con acceso a internet, la tienda de chucherías Dulcidante para comprar golosinas al salir de misa, y un Compro Oro donde se puede ganar dinero. En el último año, la cara del barrio que da a la iglesia y al mercado se ha ido llenando de hormigón, asfalto levantado y paletas con chaleco amarillo que parecen los figurantes de una película citados cada día a primera hora en la calle Dante y en la calle Llobregós. Son ellos los que van colocando los contenedores por las esquinas, los llenan hasta arriba de ladrillos, de arena, de hormigón, y los dejan ahí plantados en la acera como si fueran árboles. Los paletas llegan a la misma hora en que mi madre y yo bajamos hacia el colegio, hunden la cabeza en la grava y le dan a la pica. Desde la ventanilla de los camiones lanzan *fiu-fius* a las madres que desfilan cuesta abajo, y estas pasan de largo sin mirar hacia ellos. Los toleran porque al final de cada movimiento hay una promesa: la llegada de la línea 5 al barrio y la conexión de este con el centro de la ciudad. Esto es, la conexión del barrio con El Corte Inglés de plaça Catalunya. La oportunidad de ir directas desde casa al centro comercial. La oportunidad para mi madre de encontrar trabajo en el centro de la ciudad y reducir el tiempo perdido en los trayectos. El Carmelo es un niño al que van a devolverle la unión con la madre, el metro hará la función de cordón umbilical y todos los vecinos dejarán de quejarse. Los días en que mi madre ha estado en el pueblo yo recorría este caminito con mi padre, y él veía en cada contenedor de desechos la oportunidad de llevarse material para sus obras. Sin embargo, a las madres que nos bajan al colegio, estos sacos gigantes les parecen estorbos, pero sobre todo se quejan de que no se haya tapado todavía el agujero que dejó el accidente del autobús.

Antes del inicio de las obras del metro, a un autobús se le quemó el freno y bajó esta misma cuesta a toda velocidad. Como la calzada no estaba bien pavimentada y el freno falló, el autobús acabó empotrado contra un portal. Los pasajeros y el conductor resultaron ilesos, pero el morro del autobús aplastó a una niña. Por esta calle, antes de que circularan coches, circulaba agua de río, y si nunca hubieran circulado coches esto no habría pasado. El accidente trajo la televisión al barrio, le montaron a María Teresa Campos la misma carpa que les ponían a los Reyes Magos. Fue en el puente de la Rambla del Carmelo, en la zona de más ventisca de todo el barrio. Los vecinos se pelearon por ponerse delante de la cámara para pedir deseos, como si la cámara que los grababa fuera la rodilla del rey Melchor. En su momento de protagonismo, nadie pidió por la niña. Todos los que salieron en la televisión decían lo mismo: que querían una parada de metro en el barrio. Al final de la retransmisión aparecieron los padres de la niña suplicando que alguien les devolviera a su hija, como si se la hubieran robado en vez de aplastado. María Teresa escuchó todas las peticiones, y de eso se estuvo hablando extendidamente entre las vecinas en el mercado de Llobregós. Incluso había repartido abrazos y había bendecido a los padres que con la muerte de su hija habían dejado de ser padres. Al cabo de un año se cumplieron los deseos y arrancaron las obras alrededor del mercado y alrededor de la iglesia donde hago catequesis. Por eso olvidaron pronto el accidente de la niña, y hoy solo mencionan el agujero que dejó el autobús. Sin embargo, yo me acuerdo de ella porque murió en el año en que tenía que hacer la comunión. Me acuerdo de ella porque su madre, cuando aparecía en la pantalla de la televisión, hablaba a una velocidad desenfrenada y eso me recordaba a cuando le da el *currucucú* a la mía. Ya entonces me preguntaba por qué la mía habla así si no le habían atropellado a una hija. Hay muchas cosas que no tienen ningún sentido.

—¿Qué vas a hacer para ir por el caminito bueno? —pregunta mi madre.

Si no ha empezado todavía, tal vez el caminito bueno empiece una vez que haga la comunión. Tal vez después de ese día, en vez de ser un desnivel como estas calles, el camino se vuelva una llanura. La comunión me permitirá hacer la cola de los comulgados al final de las misas y tomar la hostia sagrada, una cosa que siempre he querido hacer para matar el apetito que se me abre como una herida mal curada en mitad de los discursos del párroco. La hostia sagrada se toma antes de mi momento favorito en la misa, cuando el cura pide que nos demos la mano y, así, nos devolvamos la paz. Como si la paz nos la hubieran robado. Puede que con la paz que me devuelvan varias personas, y una vez que empiece a tomar la hostia semanalmente, el camino se abra y me convierta en una niña mejor. Hasta entonces, debo comportarme como me imagino que manda Dios a través de la boca de mi madre, e integrar poco a poco las enseñanzas de Consuelo, mi catequista. Como todas las niñas, cometo errores por los que luego tengo que pedir perdón, consciente de que el requisito indispensable para hacer la comunión es la penitencia. Confieso mis pecados y mis actos impuros antes de irme a dormir. Redacto una lista de cosas de las que me arrepiento en mi diario secreto: solo ahí me atrevo a hablar de Tasio, de los secretitos, las mentirijillas y las cosas robadas. La catequesis me ayuda a eliminar los pensamientos inoportunos que se multiplican en mi cabeza. Por ejemplo, el de querer escaparme a Pedralbes con la Topa y meterle a ella esta idea en la cabeza, hasta el punto de haberla convencido. O el de querer llevarme cosas de las obras en las que trabaja mi padre, o vender mis pertenencias a vecinos de la comunidad y de la calle Dante. A veces, mi madre dice que tiro la piedra y escondo la mano, y puede que sea verdad. Hace una semana nos pillaron robando chucherías en Dulcidante a la Topa y a mí. El día en que mi padre no venía a buscarme y subí a catequesis con el abuelo de la Topa. Por suerte, a primera hora de la mañana la tienda todavía permanece cerrada, porque este incidente tampoco se lo he contado a mi madre. Salíamos de la tienda a toda prisa con los bolsillos llenos de chucherías y, al tratar de escabullirnos por la callejuela de la derecha, la vendedora nos cogió a cada una de un brazo y nos hizo vaciar delante de ella los bolsillos. Cuando el abuelo de la Topa se dio cuenta de lo que estaba pasando, al darse la vuelta porque tardábamos mucho en llegar al cruce donde él nos esperaba, empezó a llamarnos de todo. Niñas malas. Niñas estropeadas. Niñas dañadas. Pidió disculpas y nos llevó a catequesis sin volver a abrir la boca. Curiosamente, no dijo nada ni a mi padre ni a los padres de la Topa, pero su silencio y su mirada de decepción eran peores que un castigo. Desde aquel día, y con todo lo que ha pasado, siento una sensación de ahogo en el pecho que me hace pensar que las cosas malas las he provocado yo con mi mal comportamiento. Sin embargo, la Topa no ha recapacitado en absoluto. Cuando le preguntas si se arrepiente dice que no. Y cuando le preguntas que por qué quiere hacer la comunión, te contesta sin pelos en la lengua que, claramente, por los regalos.

Mi madre dice que cuando las niñas no mejoran su actitud, se tuercen.

En la puerta del colegio, el rugido de los motores de las máquinas se transforma en Vivaldi. La campana suena como una bendición a las nueve de la mañana. Mi madre se despide con un beso fugaz en la mejilla y gira su cuerpo dispuesta a hacer el camino de vuelta a casa. Me invade esa sensación de ahogo por la que a veces tengo que usar Ventolín, por la que a veces mi madre me pone cebolla en la habitación, por la que mi padre me obliga a hacer inhalaciones y baños de tomillo cuando me quedo sin aire porque alguna preocupación se cuela en mi cuarto. Dándome un susto aparece la Topa, sale de sus dos horas en cautiverio previas al horario escolar en la habitación a la que llaman Permanencias. Existe la posibilidad de entrar al colegio dos horas antes de lo debido si tus padres trabajan y no tienen con quien dejarte.

—¡Ya era hora! —En su tono intuyo que se alegra de verme.

—Ya.

—¿Tu madre trabaja hoy?

—Sí. ¿Y la tuya?

—Entraba hace dos horas.

—¿Te ha obligado a mucho la que vigila?

—Me ha tenido las dos horas haciendo deberes —contesta rechinada, y enseguida pregunta—: ¿Has traído la redacción?

—Aún tengo que hacerla.

—Pues muy mal. Te has perdido un montón de cosas.

—Ya.

—¿Dónde has estado?

—Y a ti qué te importa.

—¡Dímelo!

—¡Dime tú! ¿Qué habéis hecho?

No tengo ganas de contarle a la Topa dónde he estado, ni qué ha pasado. De hecho, me gustaría quedarme callada durante todo el día. A veces, hablar no sirve de nada. Me gustaría hacer lo que ella cuando decidió pasarse tres días enteros emitiendo el sonido de una jirafa. Si le preguntábamos: «¿Qué te ha pasado?», ella respondía: «Hum, hum, hum, hum». Se había caído de bruces de la barra del patio mientras daba una voltereta, y el golpe había sido tal que se le había quedado toda la cara hinchada, especialmente la barbilla y los labios. Para exagerar la situación decidió que el golpe le afectara también a su capacidad de hablar, y con ello consiguió ser el centro de atención de toda la clase. Hacía que la gente se comunicara con ella mediante papelitos, y no paraba de lanzarse notas con los Lapiceros. Mientras pienso qué decirle si me vuelve a preguntar, me invade una sensación extraña.

Como si la vida se hubiese partido en dos: el antes y el después del paréntesis que no puedo contarle a la Topa.

Nunca había pasado que se fuera a algún sitio sin mí, pero me venía avisando: «Te tendrás que quedar con tu padre». La interacción entre ellos dos había empezado a disminuir. Para bien y para mal. Mi padre pasaba más horas de la cuenta trabajando, y mi madre ya no tenía la atención y los nervios puestos en mi padre, sino en el teléfono fijo. Por momentos pensé que eso me resultaba favorable porque ya no me encomendaba labores de inspector, aunque también me preocupaba que aquello tuviera algo que ver con la información que yo le ocultaba del locutorio. La hora de hacer los deberes era la hora punta de las llamadas. Cada vez que el teléfono sonaba, mi madre se quedaba paralizada, miraba a los lados, buscaba algo a su alrededor, una señal, una pista, al final tocaba madera, le enviaba oraciones a Dios y me mandaba a mi cuarto. Yo corría, cerraba la puerta pero pegaba el oído a la madera para escuchar. Al fin y al cabo, mi cuarto era el observatorio y yo sabía cómo enterarme de todo desde ahí. Las noticias llegaban por un cable subterráneo. Se me ocurrieron muchas ideas con la oreja pegada a la puerta, hasta el momento en que mi madre repitió el nombre de mi tía y el nombre de una enfermedad. En ese instante me vino a la cabeza la última vez que la había visto, al final del verano. Cuando nos despedimos de ella frente a su casa. Con la misma sonrisa cálida que muestra en el portarretratos de nuestro salón, en la fotografía que tenemos de ella junto a su marido y sus hijos. Fue entonces, en el transcurso de esas llamadas, cuando empecé a pensar que la muerte era un agente secreto que vigilaba y asaltaba la vida privada de cualquiera. Y que por eso los lugares públicos como un centro comercial o un supermercado eran espacios de seguridad, porque ahí la muerte no podía alcanzarte. La muerte era algo que te alcanzaba cerca de casa. Si pensaba en la señora Pepita, había sido así. El agente venía a por ti, te arrestaba y te llevaba lejos. Pero si eras un ciudadano ejemplar, te reclutaba para una misión secreta internacional. Seguramente la muerte está fuera del alcance de los niños, simplemente porque estos no han tenido tiempo de desarrollar una buena o mala ciudadanía. Así, empecé a pensar que si la muerte se llevaba a mi tía era en realidad para reclutarla. Pienso que mi madre apenas menciona nada de lo que ha pasado porque en el fondo también cree que mi tía todavía puede volver. Con el paso de los días, la muerte se vuelve un hueco insalvable que se abre entre los miembros de una misma familia.

Me mantengo a una distancia autoimpuesta de tres pasos respecto a la Topa y desde ahí la recorro con el rabillo del ojo. Es alta como un pino, y de cara inteligente. Por eso la respetan las profesoras. Supongo que a su lado parezco una niña de expresión inestable. Inclinada como la calle donde vivo. Parecida a la tabla en la que mi madre le plancha las camisas a mi padre, una superficie dispuesta para ser pisoteada por los Lapiceros, como una tabla de surf. Cuando se ríe me pone nerviosa. Parece tranquila dentro de su cuerpo, pero si te fijas bien, no para quieta. Mi madre dice que tiene el baile de san Vito. Se mudó al barrio con sus padres, sus hermanos y su abuelo, a un piso situado frente a la iglesia, más pequeño que el nuestro según las dotes de adivinación de mi madre, porque ella nunca ha visto el piso por dentro. Llegó al colegio después que yo y, aun así, no le costó nada hacer amigos. Tarda poco en convertirse en la favorita de casi todo el mundo. Si pasa algo, la defienden sus buenas notas o sus hermanos. Muchas veces me invita a casa después del colegio y yo tengo que decirle que no porque no puedo devolverle la invitación. A nuestra casa no viene nadie aunque la mantengamos bien limpia, como si a mi madre le fueran a hacer un examen de limpieza en cualquier momento. Como si alguien fuera a venir a ponerle una nota. Ella dice que las estancias bien limpias parecen más grandes. Nunca he invitado a otras personas a dormir a mi cuarto; en cambio, la Topa siempre invita a alguno de los Lapiceros, incluso en días de entre semana. Supongo que por eso cae mejor que yo.

Empieza a hablarme y no calla:

—Bueno. Pensaba que te habrías fugado sin mí.

—No.

—¿A que no sabes qué?

—Qué.

—He metido en un sobre todas las pagas de cumpleaños de los últimos años como me dijiste.

—¿Y has contado cuánto hay?

—He recopilado creo que casi todos mis nueve años.

—Vale.

—¡Y le he sumado la paga de los últimos días ayudando a mi padre!

—¡Muy bien!

—También me he aprendido las paradas de la línea verde de metro de memoria, como dijiste que ibas a hacer tú.

—Bien hecho, pero, igualmente, no creo que podamos escaparnos.

Cuando hablo, parece que escucha lo que quiere. Es una niña culo veo culo quiero. Dice que conoce Barcelona mejor que yo porque su padre es taxista y aunque su padre, como el mío, pasa la mayoría del tiempo fuera de casa, desde que le conté que mi madre se había ido al pueblo y que por eso estaba pasando casi todo el tiempo con mi padre, ahora resulta que su padre también se ha acordado de que tiene una hija. Dice que justo los días en que me he saltado el colegio su padre la ha venido a buscar para llevarla de copiloto en el taxi:

—Y de repente se montó una señora de esas que se hacen los rulos. Le caí bien y me invitó a su casa.

—¿A pasar el rato?

—A vivir.

—¿Y qué hacía tu padre?

—Conducir.

—Pero ¿qué dijo?

—Iba escuchando el fútbol.

—¿Y tú qué dijiste?

—Que me gustaría mucho.

—¿Le hablaste de mí?

—No.

—¿Le pediste la dirección de su casa?

—No. Pero dejamos a la señora en Pedralbes. Me acuerdo perfectamente de cómo era la fachada y de cómo era el portal. Cuando salió del coche me guiñó un ojo y dijo: «Recuerda lo que hemos hablado». Ah, y me dio propina.

—¿Te la dio a ti o a tu padre?

—A mí, a mí.

—Igual iba a visitar a una hermana.

—Iba a su casa. Me dijo «adeu, xiqueta» con el manojo de llaves en la mano.

Al explicarme esos detalles de la señora pensé que se debía de tratar de la misma a la que mi padre le estaba reformando la casa por humedades. A mí también se me había quedado grabado en la mente el pelo de la señora. Ondulado y con olor a laca.

—Entonces es la misma señora a la que mi padre y yo le enyesamos las paredes.

—¿Estás segura?

—Vive dentro del bloque de pisos, en un piso tan grande que parece una casa. Yo no solo he visto el portal, sino que también he visto el piso por dentro.

—¿Cómo estás tan segura?

—¿Tenía el pelo rubio?

—Sí, lo contrario que yo.

—¡No podrías hacerte pasar por su hija de verdad! —Lo digo para hacerla rabiar.

—¿Y las uñas muy largas?

—Sí. Postizas.

—¿Qué idioma hablaba?

—Catalán.

—¿Parecía viuda?

—Iba toda de negro.

—¿Y llevaba joyas?

—Muchísimas.

—Es la misma.

—Entonces es una señal. Tenemos que irnos a vivir con ella.

Con la Topa tenemos un plan de escape tramado desde hace tiempo. Únicamente esperamos a que aparezca la manera de llevarlo a cabo. Ella quiere escaparse de casa por razones distintas a las mías, porque le gustaría ser hija única, algo que yo no querría ni aunque me pagaran. Está cansada de ser familia numerosa, algo que quisiera yo. Si nos vamos juntas, seremos solo dos, más la persona que nos adopte.

—Habría que pagarle una vez al mes, como las madres que pagan el comedor del cole una vez al mes. En agradecimiento.

—Puede ser.

—Sí, estoy segura. La cosa es: ¿cómo conseguimos el dinero suficiente como para vivir mucho tiempo con ella?

Las dos nos quedamos pensando.

—Vendemos joyas —propongo.

La Topa se queda callada con los ojos muy abiertos.

—¡En el Compro Oro! He leído en el rótulo que es una joyería donde en vez de comprar joyas, las vendes tú.

—Yo no tengo muchas joyas.

—Hay que esperar a que hagamos la comunión, porque los invitados nos van a regalar joyas. Aunque la otra opción es que alguna de las dos gane el certamen de Coca-Cola y venda los tickets a PortAventura a alguien de clase. Y sumar eso a las pagas de cumpleaños.

—Igual ninguna gana el concurso.

—Ya.

—¿Cuánto queda para tu comunión?

—Cuatro meses. ¿Y para la tuya?

—Casi cinco. Es una señora mayor de las que leen, en el taxi llevaba una bolsa con libros. Una de las dos tiene que ganar el concurso para que la señora vea que somos listas.

—Es verdad. En su casa tiene una gran biblioteca que está cubierta con un plástico para que ni mi padre ni yo la manchemos de yeso.

—Igual para después de la comunión el metro llega a Pedralbes desde nuestro barrio.

—Podría ser.

Echo a correr hasta el pabellón de cuarto y ella me sigue. Su mochila es como mi estuche, un regalo de La Caixa. Los viernes tocan las asignaturas que requieren material adicional y empezamos el día descargándolo sobre el pupitre: ropa de recambio de Educación Física, libros de texto, estuche y ropa de natación. Al verme sacar el bañador, la Topa me mira con gesto extraño porque, como yo nunca me quedo a comer en el colegio, no traigo el material de natación hasta la tarde.

Parece que va a preguntarme si me quedo al comedor o alguna otra cosa, pero como la clase empieza a llenarse de Lapiceros se gira repentinamente y deja de hablarme. Circulan a nuestro alrededor celebrando tener cerca el fin de semana, cosa que yo no hago. Eloísa, nuestra maestra, entra la última. Se planta en la tarima y nos manda callar para dar paso a la primera plegaria del día, que suena por megafonía. Con una voz cuyo cuerpo nunca hemos visto, desde una de las habitaciones secretas que guarda el colegio y que tanto la Topa como yo queremos encontrar un día, se pronuncia la oración.

Anoto la plegaria en la libreta y la repito varias veces con las palmas de las manos juntas a la altura del corazón, del mismo modo en que lo hace Eloísa. Su rostro es sereno, posa la mirada en una de las paredes del aula, junto al crucifijo de madera. Desde ahí atiende a las palabras que salen por megafonía sin que se le borre la sonrisa. Cuando se apaga la voz de la plegaria alza las manos tratando de captar de nuevo nuestra atención como si fuéramos un coro. Al mirar hacia mi fila de pupitres me da la bienvenida. Al hablar, tiembla y por eso aprieta la boca y los dientes en una sonrisa fija, pienso que sonríe para poder tenerse en pie. Solo se le aligera el temblor al mencionar a Dios. Repite palabras sueltas de la plegaria y empieza a explicarnos el mensaje que hay detrás, toma ejemplos de la vida misma. Habla del viaje anual que hace a Francia para visitar a las hermanas azules que siguen el camino que inició la fundadora de nuestro colegio. Nos recuerda que nos preparemos los versos para el día de la Fundadora, cantaremos el himno la semana que viene. Dice que hay que buscar la esperanza y la fe diarias en las canciones de santos, porque cuando ella cantaba junto a sus primeras hermanas en la eucaristía descubrió en medio de una canción cuál era el camino que le había preparado Dios.

Sus palabras me recuerdan a la conversación con mi madre, y a las palabras del cura del último día de misa. Vislumbro el caminito bueno, un caminito que hay que escoger, mientras Eloísa sigue contando episodios de su vida. A nuestra edad se dedicaba a leer biografías de mártires. Leía y leía sin salir de su habitación. De más mayor viajó por el Congo y por el Senegal haciendo voluntariado en orfanatos, y en una tercera etapa empezó a ser maestra en nuestra escuela. Aprieta sus manos suaves en forma de rezo, muy distintas a las de mi madre o a las de mis abuelas, arrugadas como la corteza de un árbol. Termina pasando lista porque es su deber notificar las ausencias. No me pregunta nada sobre estos días, pero cuando digo: «¡Presente!» vuelve a lanzarme una sonrisa y añade: «Te hemos echado en falta. Tenemos ganas de escuchar tu redacción».

Me quedo callada sin saber cómo recoger lo que ha dicho y ella continúa pasando lista sin darle importancia a mi ausencia de respuesta. Al acabar nos encomienda la tarea para las primeras dos horas de clase: seguir con la escritura de la redacción, relato breve o poema para el concurso. Nos recuerda las palabras que deben aparecer: *avión, promesa* y *cofre*.

Dice que empezaremos a pasar los borradores a limpio en el aula de informática. Los Lapiceros empiezan a alborotarse y Eloísa no hace nada. Su único problema es que nunca se enfada y, aun así, siempre pienso que un día, de la nada, va a explotar.

Nos desplazamos por el pasillo en fila india y por parejas.

Como somos impares, voy la última caminando sola.

A veces fantaseo con la idea de que Dios se me aparezca mientras recito las plegarias para pedirme que le ayude a resolver alguna misión. Me gustaría ser la Elegida, recibir una señal en el plato de sopa de letras, coger una cucharada donde se haya escrito mi nombre con (como dice Eloísa) voluntad divina. Comerme la cucharada y que en el plato aparezca una dirección. No me interesa ser la delegada de la clase, me interesa ser la mensajera de Dios. Supongo que ambos cargos requieren buenas notas, eso pienso, por eso me esfuerzo en mantenerme en el grupo de niños listos que Eloísa apunta en su cuaderno. Me gustaría dedicarme a hacer lo que Dios me pidiera, y que a cambio Dios se pusiera de mi parte haciéndome favores. Curando a los seres queridos enfermos, devolviendo a los familiares que se van, dotándome de un caballo, de un perro, de un hermano, convirtiéndome en la ganadora del concurso de Coca-Cola y, sobre todo, restaurando el orden dentro de mi casa. Me imagino que como mensajera de Dios tendría que renunciar a Tasio y a mi amistad con la Topa. O bien llevar una doble vida. Una vida de niña y una vida de mensajera. Para pasar desapercibida utilizaría mis dotes de actriz. Pienso que un día Eloísa me sacará de la clase para darme la noticia de que soy la Elegida.

Aunque a veces estos pensamientos también me parecen tontos e infantiles.

—Saldrán cuatro elegidos para representar a nuestro colegio en el certamen literario que lanza Coca-Cola para los alumnos de cuarto.

Eloísa nos informa de los detalles del concurso mientras bajamos las escaleras centrales del pabellón de primaria en dirección a la primera planta, donde se encuentran los ordenadores. Anuncia que el premio será el que ya sabíamos, el mismo que otras ediciones, un viaje a PortAventura. La Topa y yo nos miramos. Eloísa se detiene y señala en la pared una hilera de fotografías de antiguos alumnos sujetando premios. Premio al mejor trabajo de fin de bachillerato. Premio de ciencias. Premio de triatlón. En la hilera de las orlas apunta hacia una fotografía minúscula en blanco y negro:

—Sandra Barneda vino a este colegio. Ahora es periodista de televisión.

Me imagino una fotografía mía sujetando el premio de Coca-Cola, o una fotografía mía sujetando un premio de actriz de películas y a Eloísa diciéndoles a sus nuevos alumnos: «A este colegio vino una actriz».

Al llegar al aula de informática me doy cuenta de que los ordenadores son exactamente iguales a los del locutorio y a los de la biblioteca Juan Marsé, cuyo carnet es el objeto de más valor que tengo desde que la abrieron hace poco más de un año. Por un momento me imagino que detrás de la pantalla de la última fila de ordenadores está mi padre.

—Prohibido entrar en Messenger —ordena Eloísa.

Nos distribuimos por el aula. Los Lapiceros pasan a limpio sus redacciones, y yo empiezo a preocuparme porque no tengo nada. Eloísa se acerca a decirme que me inspire en lo que he vivido.

«Lo que he vivido...». Retumba en mi cabeza.

Cuando era más pequeña, mi madre solía recitarme un acertijo: por un caminito estrecho va caminando un bicho, y ese bicho que va caminando por dos veces te lo he dicho.

El caminito estrecho tiene forma de carretera.

Lejos de llegar a ser la mensajera de Dios, soy un soldadito de plomo que acata órdenes.

BORRADORES PARA EL CONCURSO
DE COCA-COLA AÑO 2005:
AVIÓN, PROMESA, COFRE

Prueba I

Durante la noche:
escondo mi cuerpo en un **cofre**,
convierto mi alma en una **promesa**
y así puedo volar.
Durante el día
sueño con ser un **avión**.

Prueba II

En la vida hay dos caminitos, el caminito bueno y el
caminito malo.

Por encima de ellos, en el cielo, circula un **avión**.
¿Qué caminito quieres escoger?
Porque todo en la vida es una decisión, dice la Madre.
Y la Niña hace una **promesa**: el caminito bueno.
La mete en un **cofre** que se llama corazón.
En una punta de la carretera empieza el caminito bueno
y en la otra punta, el caminito malo.
Por el caminito estrecho,
en un taxi,
para salvarme,
aparece el Señor.

Guarda Nuestro Secretito en un **cofre**.
Besa el cofre y susurra una **promesa** sencilla:
«Si eres buena, el próximo año irás con tus padres de
    vacaciones,
subiréis juntos por primera vez a un **avión**».
Luego sopla como yo soplo las velas de cumpleaños pi-
    diendo deseos:
un hermano, un perro, un caballo...
Sopla como si soplara una pestaña o los pétalos de una
    flor.

Prueba III

Si Tasio fuera un mes, sería agosto y si fuera un color,
sería el verde de las huertas donde se recogen tomates.

También podría ser el color azul de las piscinas, pero no el de las playas, porque en el pueblo no hay playa. Sería un color cerca del cielo y de Montejurra, la montaña del pueblo. Un sonido parecido a las campanas del Monasterio de Iratxe, anunciando una buena noticia.

Para llegar al pueblo más rápido, me gustaría viajar en **avión**. Si cuando viajo pudiera frenar en algún sitio, frenaría delante de Tasio.

Si pudiera hacer una **promesa**, le prometería a Tasio que un día dejaré la ciudad para vivir en el pueblo. Y si fuera Tasio el que hace la promesa, prometería que me va a esperar.

Cuando sea mayor, todos los días estaré cerca de un día de verano.

Todo esto que acabo de escribir no puedo contárselo a nadie, lo guardo en un **cofre** que ahora se llama pensamientos.

Si pudiera pronunciar unas palabras y hacértelas llegar, diría lo siguiente: «Cuando estoy con ellos, me acuerdo de ti».

Si escribo tu nombre, caen todas las palabras de alrededor al suelo, como los ladrillos de una casa que se derrumba.

Lo que más me gustaba de un día bueno era cuando mi padre llegaba de trabajar, se quitaba la ropa sucia en la habitación leonera, arrastraba sus pies cansados hasta mi cuarto, se tumbaba conmigo en la cama y me contaba las mismas historias que solía relatarme cuando me montaba en el coche, en el asiento del copiloto, y lo acompañaba a la obra.

El piso es el lugar que habita mi madre y la calle es el lugar que habita mi padre. Yo soy un cable que los une a los dos, como el de una línea telefónica. Únicamente a través del cable el uno accede al otro, la madre accede al padre, el padre accede a la casa.

A mi madre la sacó del pueblo la boda con mi padre. Un catalán que le prometió un intercambio. Si se casaban en el pueblo de ella, vivirían en la ciudad de él y, en un futuro, como en los cuentos, regresarían al pueblo porque nadie quiere vivir para siempre en la ciudad. Mi madre sucumbió a la promesa de mi padre y así, con su acento navarro, empezó su nueva vida en lo alto de la calle del escritor Dante Alighieri. En el interior de un piso que había sido de los abuelos paternos, al que le entregó su cuerpo y donde se dedicó a cuidarme. Mi padre habita la calle porque en la calle están los trabajos y mi madre habita la casa porque en la casa estoy yo. Para ella, la casa es como ese lugar conocido que antes era el pueblo. Por eso se pone nerviosa cuando está en la calle y no en casa. Cuando no está en el interior y está en el exterior, en un exterior que se le escapa, amplio y largo como la carretera nacional que separa Navarra de Barcelona. A ella le gusta tener el control de todo, y realmente es más fácil tener el control de algo pequeño que de algo grande. Cuando vuelve de la calle, mi padre deja en el cenicero los billetes que gana en la obra. Nosotros dos somos los que más habitamos el exterior, pero dependemos de mi madre para recargar las fuerzas. Normalmente ella se queda en casa y aunque parece que no se mueve, al igual que una gasolinera que permanece siempre en el mismo lugar en la carretera, ella nos espera y nos recarga. Prepara la comida, lava la ropa, plancha las camisas y conoce el significado oculto de cada uno de nuestros movimientos, por eso, ante cualquier sospecha, se le enciende el taladro en la boca y suelta el *currucucú*. Yo soy la única que puede mantenerse firme entre la calle y el piso, entre mi padre y mi madre.

Los separo y los sujeto con los brazos en cruz.

En el aula de informática y mirando de frente mi ordenador, me acuerdo del 9 de noviembre de 2002. El día anterior al cumpleaños de mi madre. El mismo día en que el consejero de la Generalitat de Catalunya, Artur Mas, y el alcalde de Barcelona, Joan Clos, vinieron a colocar una piedra en mi barrio como símbolo del arranque de las obras del metro. Ese mismo día, abrieron el locutorio. Los cuarenta años llegaron a la vida de mi madre al día siguiente, en domingo, pero no quiso soplar las velas que yo le había comprado en el bazar con el dinero de la hucha y que había colocado sobre una ensaimada. Cuando mi padre dijo que iba a ver el partido a las once de la mañana, a mi madre se le torció el gesto, y al preguntarle qué pasaba respondió con contundencia:

—Tu padre se va al locutorio.

El locutorio llegó a mi barrio como regalo de cumpleaños de mi madre, y se sumó a los malos tragos que habían empezado a provocar los sobres del señor Virgilio. Messenger llegó a nuestras vidas cuando internet todavía no llegaba a las casas, como un fantasma, y al mismo tiempo el fútbol dejó de interesar a mi padre. Para conectarse a internet, se deshacía de la máscara de marido y se ponía la capa de un superhéroe cualquiera. Eso decía mi madre. Y para seguir de cerca sus escapadas, ella, que es muy lista y vive en la sospecha, empezó a encomendarme labores de inspector como las que habíamos visto en la serie de *Rex, un policía diferente*. Me convertí en detective camuflada, aprendí a esconderme en portales y a hacer de mis misiones un juego similar al escondite. Dejando mi traje de hija en un cofre durante las horas de misión, pasadas las seis de la tarde mutaba de niña que juega con su babyborn a funcionaria estatal. Por las noches, a la hora de rezar, pedía primero un hermano y luego un perro. Me hubiera gustado tener compañía en este tipo de misiones, alguien con quien tomar decisiones o con quien compartir lo que estaba sucediendo.

Hoy siento que ya me he acostumbrado a estar sola.

Cuando mi padre descubrió que le seguía, optó por llevarme consigo a las tardes de internet. Me dijo que entraríamos en el chat y pensé en mi madre y yo metiéndonos a misa. El locutorio está detrás de la calle de la iglesia, junto al mercado. Al atravesar la puerta, el dueño del locutorio me guiñó un ojo. Sentado en una silla muy baja detrás del mostrador, como si no fuera una situación extraña, dijo:

—Ahora os pongo dos ordenadores.

Vistos de cerca, parecía que los dos, mi padre y él, tenían la misma edad. El locutorio tenía el nombre de Edgardo Nelson escrito en la puerta, con letras impresas del WordArt. La sala era un espacio con poca luz. En los lados, varias mesas seguidas con ordenadores, separadas con paneles de madera, todas iguales. En la pared, encima de cada ordenador, relojes gigantes con una hora distinta a la nuestra y con horas distintas entre ellos. Al fondo, tres cabinas telefónicas. Una mujer salió de una de ellas y fue a pagarle con billetes a Edgardo. Al sentarnos, mi padre enseguida se puso a teclear en su ordenador y yo miré la pantalla del que me había tocado. En la pantalla oscura vi mi reflejo, la peca encima del labio como la de mi madre. De repente se encendió mi pantalla y mi padre se volvió hacia mi asiento para explicarme cómo crear una cuenta de Hotmail y agregar a amigos. Estando tan cerca de él parecía que me hubiera posicionado en el bando traidor. Había que pensar un nombre y una contraseña que no supiera nadie. Volvió a su pantalla y me quedé de brazos cruzados, barajando posibilidades. Olía raro, pero no sabía reconocer a qué. No era olor a hospital, no era olor a colegio. Purpurina, besodepurpurina, o besodepulga, como los bolis Kukuxumusu. Probé opciones pero ya estaban cogidas. Se me ocurrió que si ponía el nombre en inglés nadie lo tendría. Escribí *star* —de estrella— y *look* —de mirar—: starlook@hotmail.com, y contraseña: «Estrella», porque: «Un día me gustaría ser como una estrella de cine. Y, si le quitas la r, Estella es el nombre del pueblo donde vive Tasio».

Al volver a mirar hacia el ordenador de mi padre me puse a leer la conversación por detrás de su hombro. Los mensajes entraban y salían con faltas de ortografía y palabras acortadas como por ejemplo: wapo o wapixima. No había una sino varias conversaciones abiertas y cada vez que se actualizaban con un nuevo mensaje se ponían de color azul y lanzaban un sonido extraño. Fingí hacerme la tonta y no entender lo que sucedía en la pantalla.

Antes de irnos, me apunté un nombre, un número y una dirección de una de las conversaciones. Luego me guardé el papelito bien doblado en el bolsillo del pantalón. Me acordé de la vez en que un profesor le dijo a mi madre: «Su hija ticnc la cabeza muy bien amueblada».

Imaginé mi cabeza como una casa con paredes desconchadas, llenas de humedades. Con una hélice girando como la del ventilador del locutorio. Mis pensamientos agrietaban las paredes de la casa, y de la nada se abría un agujero.

Al volver con mi madre le dije que mi padre y yo habíamos pasado la tarde repartiendo bandejas de pollo a l'ast.

La Topa expone el título de su redacción en voz alta y Eloísa pide que lea lo que tiene escrito. Érase una vez un monstruo que vivía a las afueras de un pueblo muy muy muy lejano. La frente del monstruo era tan grande que daba sombra a las casas y a las montañas de todo el pueblo. Era conocido en toda la región como el Monstruo de la Frenteancha. Los habitantes del pueblo llevaban desde que nació sin ver la luz del sol y sin ver pasar un solo **avión** por el cielo. Todo el pueblo se reunía semanalmente en la plaza para buscar una solución, ya que cada vez la frente del monstruo era más grande. Escribían sus deseos o sus peticiones en papelitos que el más anciano del pueblo les llevaba a los príncipes. El Anciano-Delegado del pueblo era el encargado de meter los papelitos en un **cofre** y entregarlos en el palacio real. Al desplegar los papelitos se encontraban escritas cosas como: «¿Por qué crece tanto la frente del monstruo?», «Hay que acabar con el Monstruo de la Frenteancha lo antes posible», «Podríamos utilizar la frente del MDLFA como aeropuerto para el pueblo». Solo los príncipes altos y guapos, enamorados entre sí, podían cumplir la **promesa** de acabar con el monstruo. Pero para ello, recibirían la ayuda de un perro llamado Mando. Tal vez uno de sus mordiscos podría hacer que el Monstruo de la Frenteancha se desinflara.

La Topa acaba de leer y se hace un silencio. No parece que sea la misma que a veces viene a mi rincón del patio, con la que juego a hacer agujeros en la arena mojada, o con la que rezo padrenuestros en alto.

Me levanto de la silla y la señalo con el dedo índice:

—Vas a ir a la directora.

Los Lapiceros también se levantan y empiezan a gritar:

—¡Frenteancha!

Y:

—¡Chivata!

Eloísa se queda quieta con las manos en posición de rezo, pero sin decir palabra.

Mis nudos en el estómago se llaman viernes. Unos dedos arrugados por pasarme una hora a remojo aprendiendo a nadar a crol mientras me entra agua por la nariz, dando brazadas como si mis extremidades fueran un ventilador. La sensación de pez arrugado inaugura el malestar que se me pone en el cuerpo el día previo al fin de semana. El viernes se acaba cuando suena la campana del colegio y los Lapiceros salen disparados por la puerta como una bandada de pájaros abandonando un territorio de tempestades. Al contrario que ellos, yo me quedo quieta. Entre todas las madres vislumbro a la mía, que no habla con ninguna y me espera en el rincón.

—¿De dónde vienes?

Como de costumbre, cuando le hago preguntas se hace la sorda. Venirme a buscar es parte de su trabajo, su jornada nunca termina. Miro una última vez hacia atrás y Eloísa me despide amablemente con la mano, como si no tuviera consciencia de lo ocurrido en las horas de colegio del día de hoy. Adelantamos a la Topa y a su madre, ellas también se han separado del resto y van en la misma dirección. La Topa me mira a los ojos, pero yo imito a mi madre y agacho la cabeza para no tener que hablar con ellas. Estamos enfadadas. Nuestras madres en cierto modo son parecidas. No hablan el catalán porque, aunque llegaron a Barcelona hace años, en sus trabajos no tienen que hablar. Nunca las ves con sus maridos, ya empiezan a caminar encorvadas y comparten un olor a naftalina en las yemas de los dedos. La de la Topa limpia su casa y las de los demás, pero delante de los Lapiceros ella dice que su madre es ginecóloga, por eso la lleva al colegio antes que nadie, porque la madre se va pronto y vuelve tarde como los hombres con maletín. Todos los días excepto los viernes, que es el día en que la viene a buscar. Ante eso, yo digo que la mía es monologuista. La Topa sospecha que las dos madres fuman y ocultan el olor con el mismo producto de limpieza.

—¿Por qué iban a fumar? —pregunté yo cuando me lo dijo.

—Por el estrés en el trabajo. La mía entre paciente y paciente, la tuya entre función y función.

Si pudiera, le diría a la Topa lo que pienso. Que es una niña mentirosa y mala. Aunque es verdad que cuando estamos solas me cae bien. Nos gustan el mismo tipo de juegos, las dos hacemos catequesis en la misma iglesia y natación en el mismo polideportivo.

Supongo que por eso no me atrevo a enfadarme con ella del todo, porque me la encuentro en todas partes. Tardo poco en que se me pasen los enfados y, de hecho, aunque no tenga la culpa, casi siempre soy yo la que acaba pidiendo perdón. El resto de Lapiceros se queda jugando en el patio de la entrada, practicando bailes, mirándose en el reflejo de la puerta de cristal, comiéndose el bocadillo de chorizo o de Nocilla, convenciendo a las madres para dormir los unos en casa de los otros. Estas son las cosas que los otros niños hacen los viernes. El suelo rebosa de bolas de papel de plata y yo las chuto mirando hacia donde se quedan ellos mientras devoro en tres bocados el paquetito de galletas Chiquilín que me trae mi madre como merienda. En cualquier día de nuestra vida anterior, este sería el sexto viaje que hace mi madre de casa al colegio y del colegio a casa, pero hoy es tan solo el cuarto, porque me ha dejado a comer en el comedor sin ni siquiera avisarme. He tenido que pasar el día en un rincón de la clase, tratando de adivinar lo que los Lapiceros hablaban de mí, tratando de adivinar dónde está mi padre y qué estaría haciendo mi madre en casa. Decidieron apuntarme a natación para que se me ampliara la capacidad pulmonar, de vez en cuando me ahogo y tengo que usar Ventolín en mi vida diaria. La letra me sale torcida porque me tiembla el pulso cuando tomo ese medicamento, en el pecho me suena una máquina excavadora como las que han ocupado las calles de mi barrio, la única vía que ha encontrado mi cuerpo para manifestar su malestar. Mi madre cree que nadar podría volverme una especie más fuerte, me arrastra por la calle como si en vez de llevar a una niña llevara un pez metido en una bolsa de plástico con poca agua. Yo sé que sus manos nunca han cogido un cigarro, detesta el olor a tabaco del Pajarito cuando el humo se queda pegado en nuestra ropa tendida. Eso lo sé pero me lo guardo dentro. No se lo cuento a la Topa porque imaginarnos a nuestras madres fumando las hace amigas. Con el cigarro en la boca nos parecen madres de película, la mía con un corte de pelo parecido al de Jennifer Lopez.

Son poco más de las cinco de la tarde y ya empieza a anochecer. Ascendemos hacia el polideportivo de la Vall d'Hebron dejando atrás las calles cortadas por la obra del Carmelo. El camino sigue siendo cuesta arriba, pero en lugar de vallas y sacos de escombros en los bordes de la acera crecen palmeras que mueven sus hojas con el viento. Hace un frío que pela, lo último que me apetece es meterme en el agua. El polideportivo está situado a la misma altura que el hospital, junto a la carretera que lleva al barrio de Pedralbes y, todavía más arriba, en la cima de la montaña, al palacio del Tibidabo. Entramos al vestuario lleno de madres que desvisten a otras niñas que también agachan la cabeza, la mía me pone el bañador y me empuja hacia la puerta de entrada. Me voy directa a tirarme de cabeza al agua. No sé qué hace mi madre a lo largo de toda esta hora en la que me tiene que esperar. Al acabar normalmente no me atrevo a preguntárselo, evito tener que escuchar que se queda allí, donde yo la he dejado, esperándome detrás de la puerta o detrás de la cristalera de la grada. Aunque hoy parece que tenía prisa por deshacerse otra vez de mí. Niña tras niña vamos cayendo al agua, el monitor es nuevo y nos ordena nadar moviendo las manos desde el bordillo de la piscina como si fuera un molino de viento. Pretende que lo imitemos, tiene granos en la cara, abre la boca para soplar el silbato que le cuelga del cuello, en ese momento veo que lleva los mismos brackets que Tasio. Me esfuerzo en cumplir sus indicaciones porque con la motivación de tener a un Tasio mirando soy capaz de nadar como Dios manda. Sumerjo la cabeza en el agua y trato de endurecer mi cuerpo para que no se hunda, siento que dejo mi vida en la superficie y entro en una pecera. Desde el último día que vi a Tasio en el banco del pueblo ha pasado mucho tiempo, pero siempre vuelvo a ese momento en mi cabeza y fantaseo con cómo se podría alargar la escena. Trato de imaginar si se habrá enterado de lo que ha pasado, porque en el pueblo todos-lo-saben-todo-de-todos. Por un momento preferiría que no, preferiría que nos encontrásemos en verano y que todo siguiera siendo como era el verano pasado. Me imagino ante él como si ningún rasgo de esta vida me perteneciera. Siendo una niña de las que viven allí, con padres que son amigos de los suyos, con un negocio del que se pueda presumir: una empresa de construcción, un despacho de abogados, o una bodega de vinos. Mi deseo de ser actriz tiene que ver con permanecer en la memoria de Tasio. Si aparezco en películas, nunca me podrá olvidar. Me da miedo pensar que me puede olvidar como olvidas a una niña con la que has jugado una tarde en el parque, o una tarde de playa, o como olvidas un enfado con alguien..., o como olvidas una conversación que no deberías haber escuchado, porque lo que olvidas lo olvidas porque es malo.

Con el gorro de la piscina no tengo pelo con el que cubrirme la cara; además, al ser de goma, me aprieta la cabeza y se me pronuncia la frente. La Topa pasa a mi lado y se ríe. Cojo agua con la boca, se la escupo en chorro y ella empieza a nadar como una nadadora profesional, acostumbrada a la competición. Pruebo a nadar a crol para ir más rápido y perseguirla, pero me entra agua en las gafas de bucear, por la nariz, por la boca y se me tapona una oreja. Los trampolines del otro lado de la piscina siguen quedándome lejos, me doy la vuelta y pruebo la técnica de nadar a espalda. Del techo cuelgan unas banderillas de colores, como si en la piscina se celebrara un cumpleaños. En el grupo solo hay una niña que realmente sabe nadar y esa es la Topa. Lleva un bañador Adidas con letras grandes a la altura de los pezones, bastante más cómodo que el mío, que es del Lidl y se agranda en contacto con el agua. Parece que por debajo del culo esté arrastrando un peso muerto, por eso voy tan lenta. Las dos nos hacemos la piscina de un lado a otro en los estilos crol, braza, buceo y bombero. El monitor novato marca los tiempos con un cronómetro y va animándonos con el silbato, sin darse cuenta de que en realidad se trata de una persecución. Las compañeras se quedan agrupadas en el bordillo de la piscina, aplauden cada vez que pasamos cerca de ellas. La madre de la Topa aplaude desde la grada con sus dedos amarillos de fumadora y ahí empiezan mis sospechas, porque detrás de ella no está mi madre sentada. Todos los padres que nos hacen de público tienen a una favorita que no soy yo. Soy la que se queda sin aire en el pecho, pero mi mentalidad competitiva me empuja a seguir. En un momento dado alcanzo a la Topa y la agarro del calcetín blanco de goma que usa para no resbalarse cuando sale del agua. Es una niña sobreprotegida. Es el ojito derecho de todos los miembros de su familia. La tienen entre algodones. Todo lo que pide se lo ponen en el morro. Es a ella y no a mí a quien deberían recriminarle que no sabe lo que vale un peine. Trato de arrastrarla con todas mis fuerzas hacia abajo para hundirla y avanzo pasando por encima de su cuerpo porque me ha resultado muy fácil, no pesa nada. Cuando llego al lado contrario, en el que se encuentran las compañeras y el monitor, salgo de la piscina y alzo los brazos como si fuera una campeona olímpica. Justo en ese momento empieza a sonar la canción de *Dime*, con la que Beth fue a Eurovisión hace dos años.

—¡Ha intentado ahogarme! —La Topa saca la cabeza del agua e interrumpe la ensoñación en la que me estaba imaginando siendo Beth, la piscina transformada en un escenario y mis compañeras como coro de bailarinas. En primera línea de público, el monitor novato parecido a Tasio que no se ha percatado de nada de lo que ha sucedido.

Proclama que las dos hemos hecho la misma marca de tiempo y quedamos invitadas a la competición de las piscinas Picornell, en Montjuïc. No se da cuenta de que entre nosotras nos miramos desafiantes. La Topa compite ahí una vez por trimestre; en mi caso se trataría de la primera vez, por eso le pregunto al monitor si competir genera ganancias.

—¿Hay algún tipo de premio?

—Es una competición entre polideportivos, y si llegas al podio te llevas una medalla. —El monitor es alto, por eso tiene que inclinarse para hablar conmigo. Doy saltitos para estar a su altura y para quitarme el frío del cuerpo. El día que salí al parque del ayuntamiento para despedirme de Tasio me guardé lo triste que estaba y aparecí dando saltos a la cuerda para aparentar lo contrario.

El monitor empieza a dar palmadas y da por concluida la sesión, no sé si ha entendido que no podré ir a la competición porque la voz me tiembla al hablarle. Al despedirse de mí me hace chocar los cinco y ese gesto, quieras o no, me alegra el día.

De mi madre aprendí a nadar a braza y de mi padre aprendí a nadar a crol. La recuerdo bellísima con la cabeza por encima del agua, media melena mojada, sacudiendo los brazos en un balanceo suave que removía el agua y la hacía sonar como un sonajero. Nadaba a braza porque no le podía entrar agua en los ojos, renunciaba a sumergir su cuerpo en el agua y se dejaba las gafas puestas para no perderme de vista. El número de sus dioptrías era mi margen de libertad. Mi padre nadaba hasta la boya y cantaba una canción de marinero. Los días de playa eran tan largos que al recordarlos parecen una invención. Todavía estoy secándome el cuerpo con la toalla en el banquillo y recitándole la lista de las asignaturas que he tenido a lo largo del día a mi madre cuando la de la Topa nos acorrala:

—¡Estos días no os he visto por el colegio! Menudas niñas... —Pretendiendo generar vínculo y con tono de celebración añade—: ¡Competiréis juntas!

Mi madre desconfía de todo ser humano y piensa que esta viene a sonsacar información privada, o conyugal. Por eso quiere espantarla, deshacerse de ella, así que escucha parcialmente, aprovecha su pausa para tomar aire y, sin quitarme la mirada policial de encima, interrumpe a la madre de la Topa:

—No tenemos otra cosa mejor que hacer que llevar a la cría a competir un sábado a las siete de la mañana.

Sigue hablando en plural, como si en la boca le fuera imposible despegarnos a los unos de los otros. Cuando nuestra vida era otra, para ir a cualquier sitio fuera del barrio necesitábamos a mi padre. Mi madre y la de la Topa son las únicas madres de entre todas las madres de los Lapiceros que no tienen el carnet de conducir. La de la Topa se escurre hacia el fondo del vestuario preguntándole a su hija si ha pasado algo, la mía vuelve a lo suyo.

Tal vez si fuera una buena competidora, mis padres estarían más contentos conmigo y más tranquilos entre sí. No les importaría llevarme a competir, tendrían la casa llena de trofeos, tal y como la tenía mi tía con sus hijos. Trato de hacer lo correcto porque recuerdo nuestras circunstancias. Todo muy rápido: quitarme el bañador, ducharme y utilizar los jabones del propio polideportivo, escurrir el bañador mojado, envolverlo con la toalla una vez que me he secado el cuerpo, meterlo todo en la mochila, no hablar con ninguna compañera, no hablar con ninguna madre, no perder el tiempo. Hacer oídos sordos a las preguntas, como el resto de días pero más aún en las condiciones del día de hoy. Si me interpelan con comentarios, pasar olímpicamente y llegar al secador la primera. Secarme el pelo metiéndome la melena hacia dentro, sin que se salgan las puntas. La estrategia consiste en llevar a cabo estas acciones con la mayor excelencia posible, mientras mi madre observa de brazos cruzados, moviendo los nervios por el esfuerzo de estar parada, los balancea de una pierna a otra, esperando y multiplicando sus pensamientos. Por el rabillo del ojo se me cuela su postura analítica de ceño fruncido y boca torcida en un cuerpo a cada palabra más flaco. Ante un pequeño fallo, le sale de nuevo la comentarista de fútbol, persigue mis pasos y se los apunta para poder recriminármelos en voz alta. Me adelanto a ella tratando de adivinar lo que podría pensar y decir, me preparo para las consecuencias de mi torpeza. Entre la calidad y la rapidez solo puedo escoger aquello que me lleva a salir por la puerta del vestuario la primera de todas las niñas.

La cabeza me pesa porque me he secado solo la primera capa de pelo para ganar tiempo; cuando me cala el frío de la calle me da la sensación de llevar la piscina encima de los hombros.

—Se te va a pudrir la melena.

—Me la he secado.

—Te la has secado a medias, mal. Las cosas o se hacen enteras o no se hacen. Hacerlas a medias es como no hacerlas.

Ella todo lo malo lo sabe y todo lo malo lo ve, y si no lo ve, parece que alguien se lo chiva. Camina deprisa y a la altura del primer semáforo le da un golpe seco al cemento con el tacón de la bota, como si su pie fuera una pala y quisiera ponerse a excavar como hacen los albañiles.

—Lo que faltaba, llevarte a la otra punta de la ciudad con la que nos ha caído encima. —Me habla medio enfadada.

Miro hacia los lados, la oscuridad se ha comido el Tibidabo. Solo las luces eléctricas del hospital Vall d'Hebron iluminan la explanada de la salida. Vuelvo la cabeza para asegurarme de que nadie nos sigue, de que ninguna madre se nos ha pegado a la espalda. Sé que el contacto ajeno le molesta.

—¡Hemos salido las primeras!

Lo digo en alto pero mi voz ya no le llega. Al golpe seco al cemento le siguen tres taconazos más, da una vuelta sobre sí misma y continúa caminando cuesta abajo. Me suelta la mano y yo me quedo atrás pidiendo disculpas. Quisiera cómplices, pero a nuestro alrededor nunca hay nadie. El hermano nunca llegó, mi padre se ha ido y Dios debe de estar de su parte. Respiro como puedo y le envío ráfagas de oxígeno a la sangre que me recorre el cuerpo. ¿Cómo puedo apaciguar sus nervios? Mientras esperamos a que el segundo semáforo se ponga en verde y podamos cruzar se me ocurre contarle algún logro para ponerla contenta. Pero, como no tengo ninguno, me lo invento:

—¡Mi redacción ha gustado mucho!

Se calla, y eso no lo hace nunca. Empiezo a tambalearme y siento que el peso de la mochila está a punto de desequilibrarme. Hago un mal gesto y me caigo al suelo. Me quedo tumbada en forma de cuatro, en el suelo de grava, como un feto en la barriga materna, antes de nacer. Mi madre me recoge con un movimiento de brazo poco cariñoso y me levanta del suelo con brusquedad:

—No seas mocosa.

Lo dice como si me hubiera dado una rabieta, como si fuera como las otras niñas que se quejan por todo y siempre piden regalos. Si por lo menos hacerlo todo bien aplanase el terreno, pero nada más lejos. Me empuja para cruzar el paso de cebra de la calle Lisboa y subir por la cuesta de Pantano de Tremp. Por el camino ya no se ve ni a un santo. Las vecinas se han metido a sus casas o se han caído por las brechas que van haciéndose a raíz del túnel que avanza por debajo del suelo. Sin el ruido de la piqueta, se oye ladrar a algún perro y poco más. El Carmelo sigue alzándose hacia arriba incluso cuando nosotras ya no tenemos que subir más cuestas. Miro a mi madre plantada donde está, con el brazo hundido en el bolso. Nos miro a las dos en el reflejo de la puerta de nuestro portal. Pienso en que ya no podré correr e irme lejos, tan lejos como planeaba con la Topa.

Debido a las circunstancias debo quedarme aquí, como un soldadito junto a mi madre.

Al atravesar el portal todos se callan. La Pescadera se hace notar con una tos nerviosa distinta a la tos de fumador del Pajarito. El resto de los vecinos vuelven la cabeza hacia el señor Virgilio, sobre el primer escalón de la escalera, como si fuera el cura a punto de oficiar una misa en el altar de la iglesia. Empieza a hablar con voz enfadada, se parece a la de las máquinas que hacen ese ruido tan molesto desde primera hora de la mañana. Miro a la Pescadera, que apoya el peso de su cuerpo en la pared, y está sacando la cabeza por detrás del Pajarito. Lleva puesta una bata de satén y unas zapatillas de estar por casa rosas con plataforma, pienso que tal vez tiene frío. Ella es de Galicia y el Pajarito, de Andalucía. A mí me gusta practicar sus acentos mentalmente cuando les sostengo la puerta y los dejo pasar, como cuando se me pega el acento navarro de mi madre y lo practico a escondidas para parecer navarra en un encuentro con Tasio, pero este no es buen momento para jugar a este juego. Miran al señor Virgilio con cara de concentración y luego nos miran a mi madre y a mí, como si estuviéramos a punto de ser castigadas por algo que hemos hecho mal.

—Estamos esperando a su marido.

El señor Virgilio sube otro escalón y se le ve más alto. Me doy cuenta de que situado ahí tapona la posibilidad de que subamos y entremos en casa.

Tras decir esa frase sonríe, recolocándose la dentadura postiza, limándola con el borde de la lengua, enseñando los dientes ya marrones de tanto café. La Pescadera eleva hacia mi corazón sus manos arrugadas de tanto limpiar pescado y pasar la bayeta por la cocina, y me arrastra hacia su barbilla, quitándome del medio del pasillo.

—¿Cuándo llega tu padre?

Conozco el funcionamiento de los adultos y en particular el funcionamiento de la Pescadera, que siempre quiere ir por delante de nuestro presidente, quien no deja de ser como Napoleón, o como Julio César, o como el anciano de la redacción del Monstruo de la Frenteancha de la Topa. El anciano que habla con los príncipes, parecido al señor Virgilio, que primero habla con nosotros y luego habla con un gestor. Va apuntándose cosas en la carpeta que lleva en la mano, también pasa lista como lo hace Eloísa con los Lapiceros, pero con voz amarga en vez de voz sensible. Cuando estoy en casa querría estar en el colegio, y cuando estoy en el colegio querría estar en el quiosco con mi tío. Cuando estoy en un lugar que me hace apretar la tripa por angustia me gustaría estar en el viernes de las Dolores con mi yaya, o en la misa de la Asunción de la Virgen del 15 de agosto en el pueblo, con mi otra abuela. O en el parque del ayuntamiento frente a Tasio. O escapándome a Pedralbes con la Topa. La Pescadera sujeta como puede el cuerpo que dejó Galicia, como el del Pajarito, que dejó Andalucía, o como el de mi madre, que dejó Navarra. Dice que la idea de esperarnos antes de empezar ha sido suya. Como cuando habla de su tierra y dice que es suya, porque le gusta hacer propiedad de todo: mi Galicia, mi piso, mi derecho, mi parte... Y del mismo modo a mi madre le pregunta por *su marido*, y como no responde, secuestrada en un rincón, me pregunta a mí. El presidente se suma y vuelve a preguntar en alto, pero esta vez mi madre responde sin perder la compostura que no tiene que dar explicaciones.

En el pasillo ocurre lo que en el interior de mi casa y lo que en el interior del colegio: solo se puede pertenecer a un bando. Un escalofrío me recorre el cuerpo, veo que mi madre no se ha dado cuenta, pero el presidente me mira con desprecio a la vez que alza de nuevo la voz:

—Mande a la niña a casa y usted quédese en la reunión.

La puerta de entrada está junto a mi cuarto. Antes de cruzar el umbral, la vida que queda atrás retumba por las cañerías, hace el ruido de un silbato y, sin alterar las voces de los vecinos, se esconde bajo la red de alcantarillado. Mi madre me empuja hacia dentro y vuelve a la reunión sin decir palabra, cerrando de un portazo.

Desde mi cama, solo tengo que dar un salto, dos pasos largos y poner la llave, para bloquear la cerradura. Tengo el poder de bloquear entradas. Desde aquí, he desarrollado un dominio auditivo que me permite detectar la suela de los zapatos de mi padre, o cualquier cosa que suceda abajo, en el pasillo de la escalera. Esta historia está contada desde aquí. Desde este cuarto pequeño que funciona como observatorio. El pasillo es un telescopio cuya lente de enfoque es una puerta de cristal transparente. A través del telescopio se llega al salón, donde habita el sofá, la televisión, el teléfono fijo, el cenicero y la mesa para cuatro donde solíamos comer los tres juntos. Aquí dentro, los objetos son mis cómplices, ellos hacen como yo: oír, ver y callar. Si les preguntas, no dicen nada. Son testigos mudos. Desde el salón se accede al cuarto de matrimonio que mi madre llama habitación de hotel. Si abriera la puerta y entrara, aprovechando que no hay nadie más en casa, mi madre lo notaría. Es capaz de detectar mis huellas incluso en el pomo de una puerta. Es la primera de todas las habitaciones que tiembla. Cuando empezaron las discusiones, yo me encerraba con mi madre ahí. Bloqueaba la puerta con la cómoda y la habitación de hotel se convertía en una habitación prohibida. A veces pienso que las discusiones empezaron cuando llegué yo a este mundo, a este piso. Siempre me prometían que esa discusión iba a ser la última, y al principio hablaba con Dios y le pedía que los ayudara a cumplir su promesa, pero desde hace tiempo ya no les creo.

La habitación de hotel, a diferencia de mi cuarto, tiene una ventana grande por la que se cuela la luz del exterior y desde la que se ve la fábrica. Llamamos Cárcel a la fábrica porque da sombra a nuestra fachada y nos tapa las vistas del Tibidabo. Lo mismo ocurre con la ventana del comedor, y es precisamente por esas dos ventanas por las que el ruido de las obras entra en casa. Junto a la habitación de hotel está el baño. Dentro caben dos personas pegadas, pero es la zona más segura de todo el piso porque tiene pestillo y también una ventana minúscula que da al patio interior, desde la que no puedes escapar pero podrías pedir ayuda en caso de emergencia. En la habitación trastero que podría haber sido para un hermano hay una ventana pequeña y en este cuarto desde el que se cuenta la historia también. Desde estas ventanas que dan al patio interior se escuchan las voces de los vecinos, en especial la voz del Pajarito cuando se pone a cantar las canciones de Manzanita, *La quiero a morir*, y *Un ramito de violetas*: ¿quién te escribía a ti versos, dime, niña, quién era? Parece que me la cante a mí o que se la cante a mi madre, pero en realidad se la canta a los pajaritos que cría en las jaulas cuadradas. El patio es cerrado y en lugar de ver el cielo cuando te asomas ves una claraboya. La luz del sol nunca penetra esta zona, por lo que parece que los días siempre sean nublados, y aunque al despertarnos mi primera obligación es ventilar la habitación, parece que en vez de ventilar en mi cuarto se cuelen los olores de los vecinos: el olor a fritanga, el olor a tabaco, las estrofas de las canciones y las palabrotas de los adultos. De todos modos, a mí me gusta cuando se oye el murmullo de los demás a nuestro alrededor porque me siento menos sola. Ahora se les escucha hablar a todos en corro, por debajo de mis pies. Van a hacer una votación, lo que significa que la reunión va para largo.

Nadie acostumbra a llamarnos por teléfono, solo algún familiar en los cumpleaños, o para comunicarnos malas noticias, alguna llamada de Telefónica ofreciendo una tarifa plana, y alguna otra de la compañía del gas. Hacer bromas telefónicas a desconocidos y poner voz de dobladora de película de Antena 3 es uno de mis juegos secretos favoritos que solo he podido desarrollar cuando me quedo en casa de la yaya, porque la yaya me deja hacer lo que quiero. Cuando estoy sola suelo comportarme como me imagino que manda Dios a través de la boca de mi madre, pero, como todas las niñas, tengo mis momentos de flaqueza si no hay alguien vigilando.

—Hola, buenas noches, ¿podría hablar con Rodolfo, por favor?

—No vive aquí ningún Rodolfo.

—¿Y usted quién es?

—No, no. ¿Quién es usted?

El juego consiste en imponerme ejercicios teatrales, aprendidos en las funciones que hacemos para montar el pesebre viviente en la parroquia de Santa Teresa por Navidad. Me las apaño para fastidiar matrimonios usando el tono que mi madre pone en los ataques de nervios. Cuando llama a mi padre y él no contesta. O cuando habla con las teleoperadoras de Telefónica, de la luz o del gas. Si puedo, trato de sonsacar información para hacer mi papel lo mejor posible. Me pasaría horas llamando a casas de desconocidos si no fuera porque, además de que mi madre siempre está en casa con un ojo encima de mí, tiene una obsesión particular por revisar las facturas del teléfono. Si ve llamadas a desconocidos, enseguida se piensa que mi padre tiene una amante.

—¿Es usted su mujer? —pregunto educadamente, y con voz de pito.

Luego hago una pausa dramática.

No responde, se queda callada.

—Me imagino que..., yo..., usted no lo sabe..., no me conoce. No se lo ha dicho, ¿verdad? —Espero una reacción. La destrucción requiere paciencia, pero el derrumbamiento llega siempre de forma inesperada. Como un golpe en la cara que presencias desde fuera.

Cambio la voz de teleoperadora de gasnaturalfenosa por la de amante de película de Antena 3. La mujer empieza a darle chillidos al marido, le pregunta si espera la llamada de alguna *amiguita*.

—Pero ¿se puede saber qué quiere?

Enfrente, se vislumbra la Cárcel rodeada de máquinas. Una grúa aparcada en lo que antes era la puerta de entrada. A lo lejos, la luz del castillo del Tibidabo y el neón de la cruz del hospital Vall d'Hebron. La señora se pone nerviosa y habla sin parar. Empieza a lanzar disparates por la boca, contra el marido y contra mí. Al final, me cuelga.

Se me ocurre gastarle una broma telefónica a la Topa, pero tal y como han ido las cosas, este no es el mejor día para hacerlo. En estos momentos desearía haberle pedido el número de teléfono a Tasio. Lo único que sé es que en Navarra el prefijo cambia y, en vez de empezar por 93, los teléfonos empiezan con 948. Para adivinar su número tendría que ir probando el resto al azar. Pienso que mi padre seguro que tendría una fórmula matemática para resolver este asunto. Por un instante, desearía borrar de mi memoria todo lo que ha pasado estos días, o retroceder en el tiempo. O mejor aún: despertarme por la mañana y que todo haya sido un sueño.

La-Deuda-de-la-Comunidad era esa concatenación de palabras grandes y dañinas que en los últimos tiempos comenzó a lanzarle mi padre a mi madre. La deuda se colaba en casa metida en un sobre sellado por un gestor. El sobre llegaba cada mes y desde las manos de mi padre, con restos de cemento, hacía el recorrido de un avión y acababa estrellándose contra el suelo. Mi padre se ponía muy nervioso cada vez que nos entraba la deuda en casa, pero en realidad yo pensaba que la culpa la tenía el presidente de la comunidad. El señor Virgilio perseguía a mi padre con el sobre venenoso en la mano, se lo encasquetaba y le recriminaba las mismas cosas que ahora le recrimina a mi madre en la reunión de la escalera, en medio de toda la comunidad de vecinos.

Poco después de morir la señora Pepita, el señor Virgilio empezó a llamar a nuestro piso y a hacernos entrega de unos sobres, sin importarle lo que contenían ni cómo impactaban en el interior. En el acto, articulaba palabras incomprensibles para mí, parecidas a las que utiliza ahora, para dirigirse a mi madre.

Cuando mi padre abría el sobre, al leer el contenido apretaba la mandíbula y hacía rechinar los dientes. Luego le echaba las culpas a mi madre, el uno se enfadaba con el otro, y discutían. Yo los miraba desde abajo, no apartaba los ojos del sobre y alargaba mis extremidades en cruz, preparada para separarlos. Mi madre se escapaba del salón con el sobre que mi padre le había lanzado, metiéndoselo en la boca para hacerlo añicos. Luego lo tiraba a la taza del váter, en una ocasión junto a un billete de cincuenta euros que desapareció por el retrete, uno de los billetes que mi padre había ganado en la obra ese día. Al llegar lo había dejado en el cenicero, en la mesa del comedor, un billete para comprar comida. Un billete que era el fruto del sudor frío y pestilente que exhalaban las axilas de mi padre. Mi madre, sobrepasada por la situación, se metió el sobre y también el billete en la boca, hizo gárgaras, trituró todo en el paladar y luego carraspeó para remover las profundidades de su garganta y forzar un vómito. Así, logró que la deuda saliera de su cuerpo y se desintegrara en la oscuridad del alcantarillado. Ante La-Deuda-de-la-Comunidad mi padre gruñía y alzaba el puño. Mi madre se apretaba el estómago, se señalaba el costado y seguía lanzando palabrotas por la boca. El culpable era el sobre, la deuda, el señor Virgilio, o la comunidad, pero mis padres se escogían el uno al otro para destruirse.

Y yo me quedaba sin aire.

Escenas así se daban cada vez que el señor Virgilio nos colaba uno de esos sobres en casa. Fueron esos sobres los que atropellaron los fines de semana, unos tras otros.

La llegada de los sobres coincidió con la llegada del Ventolín.

Un grito ahogado se cuela por debajo de la puerta y llega hasta donde estoy, sacudiendo mi cuerpo espagueti y poniéndome alerta. Dejo el teléfono fijo bien colocado, en la posición exacta en la que lo dejaría mi madre, y corro hasta la puerta principal. Fuera, las voces de los vecinos se pisan las unas a las otras. Abro la puerta y bajo los escalones de tres en tres hasta llegar a mi madre y tenerla lo suficientemente cerca como para poder defenderla.

En la penumbra de la luz de la escalera, en el pasillo de la portería, en el mismo espacio en que cantaba La Oreja de Van Gogh y me daba besos con las paredes, el señor Virgilio pregunta una última vez por mi padre y mi madre empieza a hablar muy rápido. Firme como un andamio alrededor de su flaqueza, digo en voz alta pero quebrada que, si Dios quiere, mi padre no va a volver.

Mi madre me mira atónita y me ordena subir escopeteada a casa.

Cierra la puerta con llave y me mira con desquicie, ordena que me vaya a dormir y no vuelve a dirigirme la palabra. La puerta de mi habitación está abierta para exhibir con la transparencia del escaparate que cumplo con mis funciones de niña en la institución de la casa, en el último día escolar de la semana. Finjo que duermo, pero mis ojos son dos vigilantes de seguridad. El resto de la casa ni se mueve. Mi madre y yo somos los únicos seres vivos metidos aquí, en esta caja de cerillas. Ni un hermano, ni un perro, ni una planta ni un ramo de flores. Acaricio al Jesusito de porcelana pequeñito que me aguarda en la mesita de noche. Le rezo en voz baja: una plegaria por mi madre, porque cuando se va a dormir no sé qué piensa, no sé si duerme, o cuando se queda mirando hacia el infinito sin decir nada no sé qué le pasa por la cabeza, y me invade el miedo, el miedo me cala en el cuerpo como si fuera frío, pero es peor. Una plegaria por mi padre, que me lo imagino durmiendo en el Fiat Brava, ojalá todo fuera distinto, pero lanzo la plegaria apretando fuerte las manos porque lo mejor para todos es que no vuelva. Una plegaria por mi tía, que debe de estar viéndolo todo desde el cielo. A partir de ahora todo lo que haga será visto no solo por Dios, sino también por mi tía. Mis buenas y malas acciones. Detrás de todas las plegarias hay un pensamiento muy grande: que pase rápido el fin de semana. Deseo que sea lunes y que se escurran los días rápido hasta el día de la Fundadora y el día de la comunión. Que en el colegio me den algunas notas y estas me ayuden a tener alicientes. Que me ayuden a hacerme mayor y a alejarme de aquí. A veces me gustaría intercambiar mis notas por dinero; de ese modo, mis esfuerzos escolares se podrían enseñar en casa. Si me dieran las notas en forma de billetes, las dejaría donde los deja mi padre, y llenaría hasta arriba el cenicero del comedor. Los sobres de mis notas ocuparían el lugar que ocupan los sobres de la comunidad, y las discusiones se convertirían en días de celebración, y en días de vacaciones.

Trato de no moverme y pongo la atención en el exterior. La noche se vuelve larga y oscura, como un túnel en la carretera. La soporto gracias al poder de la oración. Dios me situó en esta parte de la casa para ejercer de vigilante. Para detectar el sonido de la suela de los zapatos de mi padre. Es un sonido único, camina arrastrando los pies cansados de la obra, buscando el manojo de llaves en el bolsillo del pantalón. El tiempo de buscar la llave principal en el manojo es el mismo que tendría yo para prepararme para una intervención urgente. Cuando está a solas conmigo, mi padre no aprieta la mandíbula, pero ante el nerviosismo de mi madre pierde la paciencia y se transforma. Por eso, después de lo que pasó en la carretera, no puedo permitir que se vuelvan a ver.

Lo que ocurre en el interior de las casas nunca es televisado, se guarda entre pared y pared, y nadie desvela jamás lo que sucede ahí. A veces sería mejor no verlo todo, porque cuando una lo ve todo, dependiendo de lo que ve, luego tiene que guardárselo en un cofre, en forma de secretito.

Sábado

Mi padre vivía en este piso cuando era pequeño, y delante de casa ya estaba la Cárcel. Un bloque antiguo de ladrillo marrón con un grafiti en la fachada donde pone «Dios te ama». Siempre contaba que cuando era niño la fábrica era de tocadiscos, pero que nunca se oía música. También decía que los vecinos del barrio ya se dedicaban a esperar la llegada del metro. El cielo está nublado y entra aire frío por la ventana. Las señoras se asoman a la ventana y esperan, igual que hago yo. Con la mirada perdida hacia los lados, con la cabeza apoyada en el alféizar. Como si desde la ventana se pudiera ver lo que pasa por debajo del suelo, o lo que va a suceder en el futuro. Cuando empiecen a demoler el edificio, destruirán el «Dios te ama» y parecerá que Dios está más lejos. Mi madre dice que delante de casa nos pondrán un parque para bajar a tomar la fresca y comer pipas. Dice que habrá silencio y habrá paisaje, dos cosas que no se pueden comprar en ningún sitio. Me imagino al señor Virgilio a solas en el salón de su casa, con la carpeta de sobres malignos encima de la mesa. Mirando a través del balcón, presenciando el derrumbamiento del edificio al que le dedicó tantas horas de su vida. Los sábados, la calle Dante está mucho más transitada que los días de entre semana, incluso ahora que está cortada por las obras. Con la cabeza hacia fuera, calculo cuántos vecinos de mi edificio han salido por el portal, cuánto rato ha tardado el Pajarito en darles una vuelta a los pajaritos, cuántos niños bajan la cuesta de Dante y cuántos la suben. Atenta por si por casualidad aparece mi padre. La circulación de personas es fluida aunque las obras rodeen nuestras calles. Mientras hago cálculos, mi madre va limpiando por detrás con el *currucucú, currucucú, currucucú*. Según ella, estoy en medio sin hacer nada, obstaculizando el paso de la fregona.

Cualquier sábado de los de antes, sobre esta hora, cuando estoy a punto de perder la paciencia por el aburrimiento, después de haber visto a todos los vecinos aprovechar la mañana, cuando ya casi es la hora de comer, mi padre hace un descanso entre faena y faena, aparece por nuestra calle, y me lleva con él. Me monta en el coche como si fuera una herramienta más de su maletín. Viste ropa vieja para la obra, pantalones agujereados y camisetas descoloridas de su otro trabajo en Correos con las que puede mancharse y llenarse de polvo. Yo me pongo mi camiseta de las Supernenas, como si me fuera de misión. Mi madre me advierte que no me manche. Mi padre me deja sentarme en el asiento del copiloto y me cuenta la historia de sus personajes históricos favoritos: «*Alea jacta est*», dijo Julio César cuando pasó el río Rubicón yendo hacia Roma. La historia de Napoleón Bonaparte cuando invadió España y luego Prusia Oriental, y las lágrimas de cocodrilo al dejar a Josefina. Mi padre leyó los diarios de Napoleón y el *Diario de a bordo* de Cristóbal Colón cuando tenía nueve años, por eso los guarda bien a la vista en uno de los estantes de la leonera, como el recuerdo de otra época en la que los libros ocupaban el lugar que ahora ocupan los ladrillos. Después de hablarme de historia me habla de las aventuras de cuando tenía mi edad. Cuando lo sentaban en el tren y lo enviaban de la ciudad al pueblo, a pasar el verano allí. De cómo se iba a recoger moras y volvía a casa de su abuela manchado de color púrpura hasta las orejas. De cómo esta lo castigaba y él se escapaba por la ventana para ir a explorar las cuevas de L'Espluga de Francolí: un santuario paleolítico de hace treinta y siete mil años. Y también de cómo arrastraba a sus amigos a resolver con él los misterios de la cueva de la Font Major; o de Les Disset Fonts: una fuente que consta de diecisiete caños —uno por cada letra del nombre del pueblo— que originalmente eran de bronce pero que fueron robados y sustituidos por los actuales, de hierro.

Tras sus historietas me hace un examen oral para ver si he estado atenta y yo respondo imitando sus gestos y repitiendo las palabras clave como si me fuera la vida en ello. Sin hacer preguntas como: ¿Quién robaría los caños de bronce?

Sobre todo, para parecer lista y no defraudarle.

Las jornadas de trabajo con él se dividen en dos partes. La primera consiste en ayudar a sacar bandejas de aluminio del maletero del Fiat Brava y quedarme en el coche vigilando, porque entre reparto y reparto mi padre aparca en doble fila. Su deseo siempre ha sido tener una furgoneta para guardar las herramientas de la obra, una furgoneta que pueda hacer la función de taller mejor de lo que lo hacen la habitación leonera o el Fiat Brava. Visto desde fuera, cubierto de polvo y lleno de material de obra, nuestro coche desentona en las calles anchas y limpias de Pedralbes. Se baja de él y se gana a los vecinos enseguida, los saluda con sus manos blancas y duras con restos de cemento, y ellos le abren el paso como si fuera un gladiador. En cuestión de minutos está hecha la entrega y vamos a por otra cosa. Con mi padre, el día se estira como un chicle que no te sacas de la boca durante horas y con el que sigues haciendo pompas aunque ya no tenga sabor. Cuando acabamos de repartir bandejas de pollo a l'ast vamos al piso que la empresa de construcción de mi padre está reformando. La empresa de construcción de mi padre solo somos mi padre, el Fiat Brava y yo, pero él imprimió en el locutorio unas tarjetas con su nombre y desde entonces me obliga a llevarlas encima y a repartirlas cada vez que tengo ocasión.

La señora de la casa a la que la empresa de mi padre le hace la reforma y la que parece ser la misma que se metió en el taxi del padre de la Topa, es decir, la señora con la que nos queremos escapar, cubre los objetos de mucho valor con un plástico para protegerlos del polvo y de la pintura. También nos obliga a nosotros a cubrir el suelo con periódicos y cartones. Parece que se me da bien enyesar paredes, aunque mi camiseta acaba manchada. Comemos cuando tenemos hambre, sin horario fijo, y lo mejor de todo: mi padre me deja beber más de una Fanta de naranja. Cuando sale a comprar comida al bar tarda mucho rato en volver, se entretiene leyendo *El Periódico*, eso imagino. Yo aprovecho para husmear la casa, habitación por habitación, pero enseguida vuelvo a aburrirme. Para matar el tiempo trato de imaginarme cómo sería vivir en un piso con tantas habitaciones. Están tan lejos las unas de las otras que resulta imposible escuchar lo que ocurre en la habitación de al lado. En los portarretratos familiares de la mesa del comedor, cada foto de grupo tiene un fondo de ciudad distinto. Las fotos son de una familia, la madre le coge la mano al padre, la niña le coge la mano al hermano, e incluso en un rincón hay un perrito sentado. En una fotografía aparece Disneyland de fondo y en otra, PortAventura.

Son lugares a los que, según mi padre, se ha puesto de moda ir.

Con la misma rapidez con que pasan los minutos en el reloj sin que yo haga nada más que quedarme pensando en Babia, como dice mi madre, rompen el ladrillo de las zonas bajas de la Cárcel. Con consideración, con pico y pala. La destrucción de un paisaje feo requiere paciencia.

¿Dónde duermen los padres cuando no duermen en casa?

Me imagino a mi padre durmiendo en el Fiat Brava.

Pese a los desperfectos, mi madre habla de nuestro piso como de un palacio situado en la cima de una colina del que ella es la reina. Limpia la vitrina del comedor y repite que esta noche tampoco ha pegado ojo.

Ya van por lo menos dos noches sin dormir.

—¡Hay que estar tranquilas!

Para convertirme en el recipiente donde almacena sus frases, me coge del brazo y me saca de la ventana.

—¡Sí!

Respondo tiesa como un soldado, como si mi actitud pudiera determinar el desarrollo de los acontecimientos.

—Mientras estemos bien de salud, hay que vivir como estamos viviendo.

—¡Sí!

—Como hacía mi hermana.

—¡Sí!

—Ahora nos quedarán unas vistas que esta ventana parecerá el balcón de un palacio.

—¡Sí!

—No hay mal que por bien no venga.

—¡No lo hay!

—Y aquí delante harán un parque para ti, para nosotras. Ya verás.

—¡Chulísimo!

—Podremos bajar a sentarnos a un banco, será nuestro balneario.

—¡Sí!

—Pero hay que guardar bien guardado Nuestro Secretito.

—*Top secret.*

—¿Te preguntaron algo en el colegio?

—No.

—¿Me estás escuchando o estás haciéndote la tonta?

Por un momento, mientras mi madre habla, deseo que el derrumbamiento de edificios se extienda por todo el barrio. Si están tirando la Cárcel abajo, también podrían tirar nuestro bloque. Tener que salir corriendo de casa tras una llamada de emergencia y recoger en la mochila del colegio a gran velocidad las cosas importantes que no querría dejar: ¡la hucha!, ¡el diario!, ¡el MP3!, ¡el micrófono!, ¡las colecciones de DVD del Magic English!, ¡los cuentos...! Tendría que escoger de entre mi colección de cuentos cuáles llevarme. ¿Y la Topa? Ella vive cerca de la iglesia y del mercado. ¿Qué se llevaría la Topa? Tengo la sensación de que un derrumbamiento tiene que ser como un estruendo en medio de la comida que hace saltar la vajilla por los aires. Después del estruendo, silencio y descampado, una zona desierta sin huellas de catástrofe. En ese sentido, me interesa que no quede ni rastro de las mentiras ni de los secretitos de los últimos días.

Mientras me invaden los pensamientos, mi madre sigue monologando.

—El sobre se va a quedar aquí. —Y señala el cenicero—. Como si fuera cualquiera de las otras cartas que recibimos de gasnaturalfenosa. Como si fuera una felicitación de cumpleaños del Club Perona. O propaganda del Lidl. ¿Qué digo yo? Que no hay que coleccionar las cartas encima de la mesa, que una vez abiertas, a la basura, que si no la casa se convierte en una pocilga y la casa hay que mantenerla bien limpia, como un palacio. Pero si el sobre está por abrir es otra cosa. Si no lo abrimos, no sabemos qué pone dentro. Así se convierte en un sobre sorpresa. Lo dejaremos aquí en el cenicero para dárselo ya sabes a quién. Cuando haga falta. Y a lo que dijo ese —se refiere al señor Virgilio— no hay que hacer ni caso. Que siempre está igual. Lo dejaremos aquí hasta que el otro —se refiere a mi padre— asome la cabeza por esta casa. ¿Sabes lo que te digo? Nosotras seguimos aquí y hay que estar agradecidas, porque como vivimos tú y yo no vive nadie. ¿Cómo vivimos?

—Como reinas.

—Y ya se nos está echando el tiempo encima. Acabamos con la casa y vamos a mirar los zapatos.

—Sí.

—¿Aparecerá?

A veces me cuesta entender sus cambios de dirección, tan pronto quiere una cosa como quiere otra. Tan pronto parece contenta como le cambia el ánimo. Por la cara con la que me mira me doy cuenta de que tengo que dejar de contestar con monosílabos. Respondo con lo que le he oído decir a ella en situaciones como esta:

—Vamos a tocar madera para que no.

—¿No quieres?

—No. —Lo digo contundente.

—¿Dónde estará?

Detesto cuando se dirige a mí como si yo tuviera que dar la respuesta que ella está buscando.

Se mete en la cocina y vuelve al salón con un cubo de agua con lejía y dos cepillos de dientes viejos. Luego lanza el mandato de limpieza. Acato porque no me queda otra, sigo sus pasos hasta el pasillo, aunque antes de eso pongo sin pedirle permiso el radiocasete. La voz de la locutora de radio anuncia una de mis canciones favoritas de La Oreja de Van Gogh mientras cogemos los cepillos y los bañamos en el cubo. Nos agachamos y los restregamos por el suelo, rascando las juntas ennegrecidas de las baldosas. La una detrás de la otra. Cuando empieza la canción que me gusta, las luces del techo se vuelven dos focos, me pongo el cepillo como micrófono y con todas mis fuerzas le canto a mi madre las primeras líneas de la canción, que me sé de pe a pa.

Pensé que era un buen momento,
por fin se hacía realidad,
tanto oír hablar de tu silencio,
dicen que te arrastra como el mar.
Llené de libros mi maleta,
también de fotos tuyas de antes.

Limpio una baldosa y me voy a la otra, entre medias pienso en Tasio. Sin querer, salpico nuestra ropa de estar por casa de lejía, y eso supone un gran fallo por mi parte, ya que mi madre se pone de muy mal humor.

Me arranca el cepillo de las manos y se levanta de un impulso. Maldice a mi padre, va hacia el comedor, apaga la música, se acerca al teléfono y marca su número. Intento detenerla en balde. Me quedo mirándola desde la puerta del pasillo, dice que da señal pero, finalmente salta el contestador. Parece que ese impulso lo he provocado yo con mi comportamiento, por mi afán de protagonismo, como el que me sale cuando vamos a una boda y hay un micrófono. En esas ocasiones, mi madre también se enfada, me coge del brazo y me saca de la tarima a la que me subo a cantar si suena una canción que me sé. Al parecer, comportarse así es querer llamar la atención.

Al parecer, los protagonistas siempre tienen que ser los otros.

Vuelve del teléfono con las gafas de ver empañadas y me lanza una mirada fulminante. Pasamos las siguientes dos horas de la mañana arrodilladas fregando el

piso. Si escuchamos algún ruido en la escalera, compro-
bamos la cerradura y volvemos a la posición agachada.
Muevo el cepillo hacia arriba y hacia abajo, concentra-
da, tratando de limpiar lo mejor posible, avergonzada
por haberme puesto a cantar en mitad del trabajo.

Salimos de casa recién duchadas y, en el rellano, oímos bajar al Pajarito. La escalera se vuelve una mezcla de olor a colonia y a tabaco. Desciende a toda velocidad, silbando la melodía de una de las canciones que oigo a través de la ventana de mi cuarto. Al pasar por delante de nosotras se para frente a mi madre y le saca el tema de la reunión de anoche.

Al verlos hablando tan cerca, por un momento, me los imagino juntos. El Pajarito subiendo a mi madre a la moto y paseándola por la ciudad, las manos del Pajarito roñosas por el aceite de los coches y la grasa de las piezas de desguace del taller, mi madre obsesionándose con la limpieza de sus manos, bañándolas en el fregadero de la cocina como cuando limpia el pescado o friega los platos, preocupada por que nadie vea la mugre de unas manos expuestas en el manillar, preocupada por que la moto esté reluciente, por que nadie le vea con el uniforme del taller, taladrándole al oído su manual de mantenimiento mientras el Pajarito tararea la canción del hijo del Fary que sale en los anuncios. Recorren las cuestas del Carmelo despejadas de obras, con el viento de cara, mi madre muy joven y despeinada, con una camiseta de espalda al aire como las que se ponía para ir a la playa. De pronto saca el *currucucú* y lo estropea todo. El Pajarito camina hacia la puerta del portal, nosotras lo seguimos y por un instante me parece un hombre enviado por Dios para sustituir a mi padre, aunque al venirme a la cabeza la imagen omnipotente de mi padre el Pajarito se desinfla y cae a trozos delante de mí.

Mi madre se dispone a hacer la larga coreografía de la señal de la cruz que hace cada vez que traspasa la puerta del portal. Como ya no habla, el Pajarito se dirige a mí:

—Hoy no hay colegio, ¿no?

—No.

—Qué suerte, ¿no?

—Es fin de semana.

—¿Y adónde vais?

—Por ahí, fuera del barrio.

—Bien hacéis, que aquí todo es polvo.

Camina mirando por dónde pisa para no tropezarse y agarra el bolso como si se lo fueran a robar. Yo le doy la mano y sigo su ritmo. Bajamos a pie hasta Horta y ahí cogemos la línea 5 de metro.

Mi madre pica la tarjeta y yo paso por debajo de la barra:

—Solo otra parada hasta Virrei Amat. Estate quieta. A ver cuándo podemos coger el metro desde el Carmelo. De aquí a que llegue allá arriba nos habrán chutado de casa a las dos. Cuando no les interesa avanzan a paso de tortuga.

Tener el barrio patas arriba, lleno de obras y de sacos de cemento es algo que enerva a todos los vecinos, incluso a mi madre, quien al principio no mostraba demasiado interés por las ventajas que la llegada de la línea azul podía suponernos. En el vagón de metro hay personas de todo tipo, preferiría ser turista y que no entendieran lo que habla mi madre conmigo. Se me ocurre sugerirle en voz baja jugar a un juego que consiste en fingir que no somos de aquí, pero no me hace caso. Estoy segura de que desde fuera parecería una conversación entre una madre y una hija extranjeras, en vez de parecer lo que parece ahora, que la persona adulta que va conmigo lanza palabras a la velocidad de una metralleta.

El trayecto es muy corto. Nos bajamos en Virrei Amat y desde ahí paseamos mirando escaparates por si hay en alguna de las tiendas algo que merezca la pena. Al cruzar la avenida Meridiana, caminamos hasta el Hipercor y entramos por la puerta de delante del McDonald's. Una vez dentro, miramos ropa y buscamos zapatos de comunión. Mi madre pregunta a una de las dependientas por la sección de comuniones, pero nos dice que todavía es temprano y que aún no es temporada. Aprovecha la ocasión para explicarle que el vestido de comunión ya lo tenemos porque es el vestido que llevó ella y el que llevaron sus hermanas. Un vestido único hecho a mano. Con encajes y mangas bordadas. El camisón de la comunión también lo tenemos, pero fue un regalo de cumpleaños que espera a ser estrenado cuando llegue el día. Mi madre no sabe que a veces me lo pruebo, a escondidas, me paseo por el pasillo y me miro en el espejo para valorar cómo me queda. Es por eso por lo que queremos los zapatos, para tenerlo todo bajo control con cuatro meses de antelación. Habla muy rápido, a mí me recuerda a la meteoróloga de Telecinco, porque al hablar hace gestos y señala al aire, como si delante tuviera una cámara. Cuando la dependienta ya no nos hace caso, dice que con un poco de suerte el 7 de mayo hará bueno. Pienso en la posibilidad de que todo vuelva a ser como antes para el 7 de mayo. Arrastro a mi madre hacia la escalera mecánica y le pido ir a la planta de los zapatos de mujer. Si hay algo que me gusta más que hacer bromas telefónicas es probarme zapatos de tacón y desfilar por los pasillos solo para escuchar el ruido que hacen los tacones, como si realmente fuera mayor y cruzara una pasarela.

Pillo a mi madre en un buen momento, porque colabora conmigo. Cuando hago estas cosas, unas veces la sacan de quicio pero otras se sitúa en mi bando y se convierte en mi cómplice. En esos momentos me doy cuenta de que tengo la mejor madre del mundo. Al llegar a la cuarta planta voy directa a probarme tacones y a ella la dejo atrás.

Se me ocurre que, con los tacones puestos, debo de ser de la misma altura que Tasio.

Al cabo de un rato, veo que esta vez es una dependienta de la zona la que se acerca a mi madre y pregunta:

—¿La niña de los tacones es suya?

—He venido al centro comercial sola. —Mientras contesta me lanza la mirada seria que significa que vaya dando por finalizado el juego.

La dependienta busca a su alrededor a algún otro adulto. Luego se acerca a donde estoy, se agacha hasta estar a mi altura y me habla con voz dulce:

—No te puedes probar tantos zapatos, cariño...
¿Estás esperando a tu padre o a tu madre? ¿Dónde están?

—Me he perdido —respondo conteniendo la risa por dentro.

—¿Quieres que los llamemos por megafonía para que sepan que estás aquí?

—Vale.

—¿Cómo se llama tu mamá o tu papá?

—Mi papá se llama Rodolfo.

—¿Y tú?

Me quedo pensando sin saber qué decir; luego respondo:

—Topa.

Todas las dependientas del Hipercor llevan un traje de americana y falda hasta las rodillas azul marino, y por debajo de la falda unas medias de color carne que, al parecer, aprietan mucho. Esta tiene los tobillos hinchados y me parece curioso que alguien que se dedica a vender zapatos tenga los pies en estas condiciones, aunque es verdad que a la hora de caminar se desliza con estilo. Se mueve como una palmera suave y con una mano se retira el pelo que le cae por la cara. Cuando llega al mostrador habla con otra compañera y le dice que tiene que avisar del «extravío de una niña». Se acerca a un micrófono y con voz suave pero mecánica repite tres veces seguidas la siguiente frase: «Atención, niña perdida en la zona de calzado de la cuarta planta, por-favor. Se-ñor Ro-dol-fo, se-ñor Ro-dol-fo, por favor. Pase por la cuarta planta. Graciassss».

Me da la sensación de que a la dependienta le gusta hacer este ejercicio más que vender zapatos, estira las palabras como hago yo en las bromas telefónicas. Pone voz de dobladora de películas. Le gusta tener que hablar en público por megafonía e informar del extravío de niños y niñas. Cuando acaba, apaga el micrófono y carraspea. Coge la chapa con su nombre que lleva pegada en la americana, se la despega, la limpia con la manga de la americana y la vuelve a colocar donde estaba. Brillante y disponible para ser leída por todos los padres de niñas extraviadas.

La leo y la llamo:

—¡Susana! Acabo de caer en dónde está mi padre. Vuelvo con él. Gracias.

—¿Dónde está? Yo no lo veo, Topa, quédate aquí.

—Está en la zona de las películas seguro, que me lo ha dicho. En los DVD. No me acordaba.

—Está bien. Voy contigo.

—¡No! Mi madre se enfadará si os ve juntos.

La dependienta me cae mal. Me mira sin decir nada y yo salgo disparada de ahí. Corro hacia las escaleras mecánicas y mi madre viene detrás de mí.

—¿Qué te ha dicho? —pregunta.

—Nada, le he dicho que ya había encontrado a mis padres.

Salimos del Hipercor y nos dirigimos al McDonald's. En la cola para pedir, mi madre y yo nos echamos a reír.

—¿Te has llevado algo? —Se lo pregunto porque a veces nos llevamos algo. Aunque suele ser cuando pagamos dos cosas, que nos llevamos tres. Por hacer balance. Pero hoy no hemos comprado nada. Dice que no con la cabeza, se tapa la boca con el dedo y me manda callar.

Al instante volvemos a reírnos.

Pedimos un menú infantil y un menú normal con Fantas de naranja. Al sentarnos en una mesa hago esfuerzos muy grandes para controlar mis sorbos y beber solo cuando también lo hace mi madre. Siento una alegría que no es normal, dadas las circunstancias. Trato de controlarme y dar bocados pequeños a la hamburguesa para que no me llame la atención y observo la delicadeza con la que ella se come la suya. Poco a poco, se le va desvaneciendo la sonrisa. Pasa de dar bocados cautelosos a dejar media hamburguesa encima de la servilleta y quedarse mirando un punto fijo.

—¿Qué pasa? —pregunto.

—Ahora vuelvo. —Se levanta y camina hacia la puerta giratoria de salida.

Sale del McDonald's y se queda parada en la calle, mira hacia los lados. De repente, detecta algo y empieza a caminar. La persigo con la mirada a través del cristal.

Sin pensármelo y sin que me vea, voy detrás.

Cuando salgo fuera la veo en el límite del bordillo de la acera, mirando hacia los coches que circulan por la avenida Meridiana, junto a una cabina telefónica.

Se vuelve hacia ella y marca un número.

Mi padre es el único que tiene teléfono móvil en nuestra familia. Un teléfono Nokia que no se engancha a ningún sitio. Por eso se le puede llamar aunque no esté dentro de una casa. En cambio, nosotras, cuando no podemos llamar desde el teléfono fijo, usamos las cabinas telefónicas.

Para protegerme de las palabras que hacen que me piten los oídos he desarrollado una estrategia que consiste en apretar fuerte el cuerpo. Aprieto la mandíbula y la tripa. Desde ahí se extiende el apretón por todas partes haciendo de mi cuerpo una muralla china. Es algo parecido a lo que hago cuando cojo aire para bucear, como si tuviera que aguantar la respiración mucho rato. Al principio tenía que esforzarme, ahora siento que me sale solo.

Es como si me apagaran con un botón.

Como una televisión.

Mi madre se marchó al pueblo para estar con su hermana enferma, y mi padre tuvo que prepararme por primera vez el bocadillo para la hora del recreo. De esto han pasado ya más de quince días, aunque parece que han sido años. Como tiene las manos gruesas, el bocadillo resultó mucho más grande que los que prepara mi madre. La referencia de mi padre son sus manos y sus manos son más anchas que una baguette. El pan que él me ponía para el bocadillo eran rebanadas de pa de pagès. Unos días las untaba con tomate y les añadía queso fresco por encima, otros me hacía el bocata de dulce de membrillo, y luego me lo envolvía con una servilleta y con papel de plata. El tamaño gigante de mi bocadillo resultaba una anomalía entre mis compañeros, pero generaba la misma expectación que cuando la Topa traía un tamagotchi último modelo a clase. Al lado de mis bocadillos de pa de pagès, las barritas de cangrejo que trae la Topa como desayuno daban risa. Mis bocadillos podía partirlos en múltiples pedazos e intercambiarlos con otros Lapiceros. Con este asunto, los Lapiceros me respetaban. Los días de la semana pasaban sin que llegaran noticias de lo que sucedía fuera, con una tranquilidad distinta a la que teníamos cuando todos estábamos en casa, o a la que tenemos ahora. Es verdad que algunas noches oía a mi padre hablar por teléfono, pero ahí me daba por pensar que las malas noticias habían unido a la familia. Daba por hecho que las llamadas eran con mi madre y no hacía preguntas. Las noches pasaron sin nudos en el estómago y los días sin conflictos, hasta que tuve que estropearlo peleándome con la Topa.

En el vestuario de la pista de Educación Física al que entrábamos para beber agua, la Topa contó cosas que yo le había contado. La llamé mentirosa gritando con todas mis fuerzas y luego me abalancé sobre su pelo.

La directora llamó a mi padre para que fuera al colegio a hablar, primero con la directora y luego con Eloísa. No sé de lo que hablaron, cuando me vino a recoger no dijo nada. Solo al llegar a casa me hizo prometerle una cosa: no contar este episodio de niña problemática a mi madre.

Viéndolo con perspectiva, mi padre y yo también tenemos Nuestros Secretitos.

Por ser los sábados el día de las ofertas, solemos ir a comprar al Lidl. Por eso subimos caminando desde Virrei Amat hasta el paseo Maragall, para bajar la hamburguesa y aprovechar más el viaje.

Desde que se ha alejado de la cabina telefónica no ha vuelto a abrir la boca. Recorre los pasillos pensando en otra cosa, sin saber ni qué comprar.

Normalmente seguimos una lista de necesidades en la que en ocasiones especiales se cuela el capricho: un calendario de Adviento, una planta de Navidad o un producto tecnológico en liquidación. En la sección de ofertas me llama la atención una cometa, pero enseguida pienso que si propongo comprarla se va a enfadar porque va a decir que si eso es en lo que toca pensar ahora, o que para qué quiero yo semejante aparejo. Eso es lo que dice ante todo lo que no es útil o necesario. Cuando mi padre venía a comprar con nosotras, nos esperaba a la salida con el Fiat Brava, para meter la compra en el maletero, pero este es un beneficio que también se ha perdido.

Llenamos una cesta y caminamos hacia la cola.

Al pagar, distribuimos la compra en dos bolsas que traía ella de casa. Se las saca del bolso y me pide ayuda. Cada una carga con una bolsa y salimos a la calle dispuestas a coger el autobús número 19. El que sube desde el paseo Maragall hasta lo alto de la calle Dante Alighieri y para justo delante de casa.

—¿Te has llevado algo? —Se lo pregunto para sacar un tema de conversación, pero creo que mi presencia empieza a irritarla. Me obliga a pasar rápido por la zona de validar la tarjeta sin picar y sin que me vea el autobusero.

Nos aseguramos de que no hay nadie en casa desde la puerta de entrada, luego descargamos la compra y hacemos tiempo hasta que llega la hora de cenar. Mi madre comprueba si hay mensajes de voz en el teléfono fijo y de ahí se mete a la cocina.

Prepara una cena pica-pica: sándwich de jamón y queso, Bocabits y Fantasmitos, mientras yo despliego la mesa de mi cuarto y pongo cubiertos encima de dos servilletas. Cenamos la una junto a la otra, apretadas y en silencio. Al terminar, nos ponemos a recoger. No le pregunto si le apetece jugar conmigo en el pasillo, o ver *Salsa rosa* y seguir el caso de Belén Esteban. El referente de mujer rota que se colaba en nuestro salón las noches de sábado, con el que hacíamos una campaña militante contra la Campanario, y con el que mi madre gritaba «Yo por mi hija mato» cada vez que había una pelea en casa o practicaba por si llegaba un día en que me tendría que defender.

Ahora, sin embargo, hay un silencio de sepulcro y un secreto que se abre en forma de agujero bajo nuestros pies.

Nuestro Secretito

Mi padre nos despidió a mi madre y a mí girando el morro del Fiat Brava de un volantazo. Puso rumbo hacia Barcelona sin nosotras. Así lo sospeché, mientras recuperaba las maletas del suelo.

—¿Adónde va este? —me preguntó mi madre.

Me encogí de hombros, aunque supe que se marchaba. No lo seguí por la carretera, tampoco le hice señales desesperadas con mi cuerpo espagueti. Me acerqué a por los bocadillos que había lanzado por la ventanilla y respiré de nuevo, todavía con el susto dentro. Luego acudí a ocuparme de mi madre. Dios me había traído al mundo para ello:

—Están buenísimos. ¿Quieres?

La tenía a mi lado, giraba sobre sí misma y se asomaba a la carretera, volvía hacia mí y me comía la cabeza.

Fue mi comportamiento el que hizo que empezaran sus monólogos, y estos los que propiciaron que nos encontráramos en la carretera. Eran interminables y provenían del agujero en la úlcera. Eso decía ella poniéndose las manos en el costado: «Me doléis aquí». Nos lo señalaba y luego brotaba: *currucucú, currucucú, currucucú*. Y yo miraba su camiseta esperando que de un momento a otro se rompiera, pero entonces me daba cuenta, el agujero se le abría en la boca y era tan grande que creía que iba a tragarme. Cuando empezaron los monólogos, en el interior del coche, mi padre apretó la mandíbula y retuvo el aire por mucho rato, hasta que no pudo más y el aire empezó a salirle por los puños, por los orificios nasales y por las orejas. En ese instante empecé a enviarle súplicas a Dios, pidiendo que mi madre se quedara muda o que mi padre ensordeciera. Observando las tensiones desde el asiento de atrás, traté de acabar con ellas provocando una parada técnica: «¡Voy a vomitar!». Aquel día lo repetí muchas veces para que se molestaran conmigo en vez de hacerlo entre ellos, alcé los brazos y me crucifiqué para separarlos. Me quedé en cruz, pero a medida que avanzamos el trayecto se hizo más insoportable y se olvidaron de que yo estaba en medio. Como es mi padre quien tiene la fuerza, cuando su paciencia se agotó las maletas salieron volando desde el maletero y nosotras detrás de ellas, aterrizando en la parada de servicio de Alfajarín.

El recuerdo es borroso, pero sé que en ese instante la súplica se la lancé a mi padre.

Le pedí que se fuera para siempre.

Al Fiat Brava se lo tragó el horizonte grisáceo y yo traté de convencer a mi madre para seguir el camino por nuestra cuenta, haciendo autostop. El recinto de la parada de servicio estaba repleto de transportistas y a ella le daba apuro que la cogieran como mercancía, en medio de tanto camionero, con una niña debajo del brazo.

—No los mires y espérame aquí.

Me dio la orden y se marchó a la cabina telefónica a llamar desesperadamente a mi padre mientras yo me rendía sentándome en el arcén, helada de frío. Cuando me quitó el ojo de encima alcé el dedo pulgar, imaginando que alguien podía pararse y sacarnos de la cuneta. Mi madre iba vestida de negro porque acababa de enterrar a una hermana, quería que mi padre regresara, no mostraba dolor ni arrepentimiento, solo repetía: *cabróncabróncabrón*. Y se peinaba los pelos que salían disparados de su melena en todas direcciones, a causa del viento. Aun así, estaba guapa. Con el culo en el asfalto, repetí sus palabras para escuchar cómo sonaban, utilizando mis dotes para imitar voces, se las lancé a los autobuses ALSA que pasaban por delante de nosotras, miré los rostros de las ventanas, a los conductores y a los pasajeros que estaban tan tranquilos en sus asientos, sin miedo y sin frío. Los saludé con el dedo corazón alzado. Un camión lleno de cerdos pasó por delante de mis ojos, «Hijos de Esperanza», leí en los morros de una de las jaulas, los cerdos sacaban las cabezas entre los barrotes y me miraban fijamente, como una hermandad que me reclamaba «únete a nosotros». Parecían cansados de estar allí metidos, como yo de quedarme con el culo cuadrado en el suelo, pero ellos eran más de uno, estaban acompañados.

Les devolví la mirada enseñándoles mi tristeza, como si pudieran venir a donde estaba y quitármela. De las escaleras de la parada de servicio me llegaban palabras sucias, solo había hombres robustos que miraban sin cariño en los ojos, mi madre los amenazaba poniendo sus caras largas desde la cabina telefónica para que no se acercaran a mí. Yo seguí saludando a los vehículos que pasaban por la carretera; de vez en cuando pensaba en que si conseguíamos llegar a casa tendríamos que lavarnos la boca con jabón.

El día se había llenado de palabrotas.

Me había cansado de esperar sentada en el arcén y me metí dentro de la cabina, con el cuerpo pegado al de mi madre. Me quedé allí hasta que me hizo caso y llamó al teléfono de taxis que colgaba de un papel en el cristal. Al cabo de una hora, un coche limpio y brillante se detuvo frente a nosotras; al montarme sentí las ganas de que acabara el día y tuve que esforzarme por no quedarme dormida.

—¿Qué edad tienes? ¿Mañana tienes colegio?

Sin dejarme hablar, mi madre respondió por mí. Mencionó el esfuerzo por conseguir buenas notas ya que, lo más importante, nuestras dos únicas preocupaciones a partir de ahora iban a ser las notas y la comunión. Hablaba de los propósitos que ella misma nos había puesto a las dos. Muchos preparativos, mucha concentración.

—Me dicen que es una niña con la cabeza muy bien amueblada —dijo mi madre.

—Que siga así —replicó el taxista.

Todo lo que había pasado antes parecía un producto de mi imaginación. Me dieron ganas de imitar lo que había sucedido en el Fiat Brava y lanzar las maletas por la ventana, para interrumpir la charla y la llegada a Barcelona, para que se dieran cuenta de que estaba allí y que no me aguantaba tiesa. Existía un desorden en mi estómago que no podía compartir con nadie. Fueron cuatro horas de viaje mirando por la ventanilla e imaginando cómo sería la vida de una hierba que no se mueve de su sitio en la meseta, una vida seca pero tranquila. Me acordé de Tasio y de la última vez que vi a mi tía, había guardado el recuerdo de cada uno de ellos en una nube. Al entrar en la ciudad, a mi madre le volvió el *currucucú* y el nervio que le temblaba debajo del ojo, el viaje en taxi nos estaba costando un dinero que no podíamos gastar. Se quejó en alto de que el taxímetro hubiera avanzado tan deprisa sin darse cuenta. El taxista apretó el pedal, se volvió a mirarme y le noté las ganas de deshacerse de nosotras. Fuimos devorados por los túneles de la ronda de Dalt y llegamos a la calle Dante evitando las calles cortadas por las obras para la línea 5 del metro. Nuestro barrio seguía agujereado y abierto por la mitad, tal y como lo habíamos dejado al irnos precipitadamente. El taxista aparcó en doble fila, dejó las maletas en la acera y le pagamos con billetes grandes. Al despedirse sacó la mano por la ventanilla y desapareció de golpe. Me pareció que el Carmelo se lo tragaba de un bocado.

Domingo

Aunque la tengo cerrada, por la ventana de mi cuarto se cuela *Alegría de vivir,* una canción que pone el Pajarito todos los domingos y que ya me sé casi de memoria. Los domingos son un hueco que no es posible tapar con ninguno de los materiales que sí nos sirven el resto de los días de la semana. Pienso que la alegría es el piso en el que viven los demás.

Hace frío y cuesta salir de la cama, pero doy un salto y corro hasta la cocina. Me la encuentro con su pijama de franela, preparando el desayuno. Le digo buenos días y la busco a través del cristal gordo de las gafas de ver, pero la muerte y la pérdida se aposentan en sus ojos almendrados. Su mirada se ha vuelto una curva hacia abajo que ya no se yergue para mirarme. Pienso que tal vez puedo acceder a ella si la acompaño a misa. A veces me deja escoger y quedarme en casa, pero, como si oyera mis pensamientos, dice que a partir de ahora habrá que empezar a ir no solo los domingos, sino también entre semana. Habla en plural y nos compromete a las dos. Desayunamos tostadas con mermelada en la mesa plegable de mi cuarto, con el cuerpo acurrucado por el frío, y luego enseguida nos preparamos para salir de casa. Igual que se viste ella me viste a mí. De negro, es decir, de luto. Gracias a Dios, al bajar la escalera no nos encontramos a nadie, pero a mí se me olvida meter la mano en el buzón. Caminamos a la par, en una procesión de dos, cabizbajas y en silencio. Las máquinas están aparcadas y en el barrio apenas hay ruido. Al llegar a la parroquia de Santa Teresa, cruzamos la puerta de forja, atravesamos un pasillo estrecho hasta la escalinata del presbiterio, hacemos una reverencia frente al altar y nos sentamos en uno de los bancos. El olor a incienso me devuelve el recuerdo de las ocasiones en que ir a misa era motivo de celebración, bodas, bautizos y otras comuniones a las que asistíamos los tres, en familia. Esos eventos nos hacían pasar tiempo juntos. Nos vestíamos elegantes y asistíamos a ceremonias de otros. Mi madre se preocupaba por que mi padre llevara el Fiat Brava bien limpio, cosa que siempre provocaba una discusión. Ahora, a este olor se le suma el recuerdo del entierro y el de la carretera.

Esta parroquia es nuestra parroquia de confianza. Hace tan solo un mes represente aquí la obra de teatro de Navidad, basada en el nacimiento de Jesús. Me tocó hacer de ángel y mi madre me fabricó las alas la noche antes de la función. Recortamos dos cartones y luego pegamos algodones con pegamento líquido por toda la superficie. El día de la función, yo miraba entre el público, para ver si aparecían mis padres juntos. Pero en primera línea de los acontecimientos de mi vida apareció mi madre: sola, arreglada y puntual. Al parecer, como siempre, mi padre tenía trabajo.

Este es el segundo año que asisto a la catequesis, y es en esta parroquia donde haré la comunión. No la he escogido yo, es la que me ha tocado por ser la más cercana a donde vivimos. Detrás del altar en el que se celebra la misa está la sala donde Consuelo nos enseña todo lo relacionado con la doctrina cristiana y la palabra de Dios. Es una profesora muy diferente a Eloísa. Menos dulce, menos habladora, más mayor. Tiene ese nombre porque ha venido al mundo a aliviarnos de la pena. Nos cuenta historias de la Biblia, a veces también nos las hace representar, pero, sobre todo, nos obliga a aprender versículos de memoria. Uno de los niños de catequesis está siempre muy atento porque quiere ser monaguillo. Me quedo embobada mirando lo bien que se comporta. Agacha la cabeza, toma nota y no pregunta, a veces repite lo que dice Consuelo en voz baja, supongo que lo hace para que no se le olvide, o para estar ocupado con algo que le evite pensar en sus problemas.

Al mirar hacia lo alto, la luz se cuela a través de las vidrieras, y la imagen del Cristo en la cruz con las muñecas ensangrentadas me devuelve con un escalofrío a la realidad. Agarro de la mano a mi madre y atendemos solemnemente a las órdenes del párroco. Abrimos la boca en respuesta al oremos y en forma de asentimiento. Según Consuelo, solo los ministros pueden abstenerse de tal obligación, pero como mi madre tiene las rodillas malas no hacemos la genuflexión. Todos los asistentes a misa van a comulgar menos yo, que me muero de hambre. Cuando mi madre vuelve de recibir la hostia, se pone a llorar. Llora la pérdida de la hermana y sostiene la pérdida del marido en el rabillo del ojo. Parecemos dos tórtolas, viudas y con plumaje cenicero. Aferradas al ritual por pura necesidad de aguante, aferradas la una a la otra porque no tenemos a nadie más.

Para salir, mi madre tiende su cuerpo sobre mi brazo y se sujeta a mí como si fuera un bastón. Durante el camino de vuelta empieza a soltar el monólogo interior en voz alta. Yo asiento y repito las frases cruciales, para darle una réplica. Así pasamos la mañana, ella recitando y yo repitiendo. Después de comer recojo la mesa mientras ella friega los platos; al terminar las tareas que me ordena, me pongo a retocar los borradores de la redacción para el día de la Fundadora. Ella coloca la ropa limpia sobre la mesa plegable y, a mi lado, da vueltas sobre sí misma, va y viene al teléfono y, para tranquilizarse, se pone a planchar.

BORRADORES PARA EL CONCURSO
DE COCA-COLA AÑO 2005:
AVIÓN, PROMESA, COFRE

Prueba I

Durante la noche:
escondo mi cuerpo en un **cofre**,
convierto mi alma en un **avión**
y así puedo volar.
Durante el día
sueño con ser una **promesa**,
pero en realidad soy una herramienta.

Prueba II

A veces me imagino a mi hermano, a Tasio y a Dios, los tres juntitos sentados en un escalón, mirando hacia mi habitación.

Por un instante temo que, como el hermano, Tasio y Dios sean productos de la imaginación.

Desde el borde de la cama, cierro los ojos y hago una **promesa** como cuando en la misa rezo una oración.

Para llegar al pueblo más rápido y frenar delante de Tasio, me gustaría viajar en **avión**.

Todo esto que acabo de escribir no puedo contárselo a nadie, lo guardo en un **cofre** que se llama corazón.

En la vida existen dos padres, como también existen dos caminitos, el caminito bueno y el caminito malo.

Por encima de ellos, en el cielo, circula el **avión** con la siguiente pancarta: «¿Qué caminito quieres escoger?».

Todo en la vida es una decisión.

Si pudiera pronunciar unas palabras y hacértelas llegar, diría lo siguiente:

Cuando estoy con ellos, me acuerdo de ti.
Si escribo tu nombre, caen todas las palabras de alrededor al suelo,
como los ladrillos de una casa que se derrumba.

En una punta de la carretera empieza el caminito bueno y en la otra punta, el caminito malo.

Para salvarme no aparece nadie.

Sin embargo, en el caminito estrecho se abre un agujero que nos traga a los dos.

Día de la Fundadora

Desde el domingo hasta hoy mi madre y yo nos hemos dedicado a estar en casa, o a ir de casa al colegio, y del colegio a misa. Ir a misa todos los días tiene sus momentos álgidos, algunas tardes me ofrezco para leer los salmos encima del púlpito, miro de reojo a mi madre y con su consentimiento salgo al altar. Leo el salmo frente al micrófono, y alzo la vista hacia el público. El silencio me colma como un aplauso, y luego vuelvo al banco. Los días han pasado muy lentos; sin embargo, la velocidad de mi madre al hablar ha aumentado de ocho y medio a nueve setenta y cinco. Me deja en la puerta del colegio y se despide diciendo que tiene que hacer muchos recados. Trato de adivinar qué hará verdaderamente con el día, pero no puedo darle ningún consejo. Tampoco puedo cogerle la mano e irme con ella en vez de quedarme aquí. Al darse la vuelta, la imagino subiendo las cuestas del Carmelo, primero por Dante, con el viento en la cara al cruzar la Rambla, desviándose hacia Llobregós, porque lo más probable es que vaya

directa al mercado y vuelva a casa cargada como las bu-
rras, esquivando las calles taponadas por las obras.
Mientras se aleja, veo que hay madres que deciden quedarse a la eucaristía que se celebra en el patio, en nombre de la fundadora. Me gustaría llamar a la mía y pedirle que haga lo mismo, pero no me atrevo. Hoy es un
día muy especial, en palabras de Eloísa, se festeja la ca-
nonización de la santa que fundó la comunidad religio-
sa de las hermanas azules de Castres que a su vez fundó
la comunidad de nuestro colegio. Es decir, se celebra a
una persona que hizo cosas buenas por los demás. Alguien de quien todos deberíamos aprender. Por seguir
el ejemplo de la fundadora, la Topa y yo nos hemos
reconciliado, aunque, a decir verdad, fui yo la que fue a
pedirle perdón. Esta semana hemos pasado las horas del
recreo en la Gruta, un rincón del patio de arena donde
no nos puede ver nadie. Lo llamamos así porque parece
una cueva y porque además es ahí donde está la estatua
de la Inmaculada Concepción. Según la Topa, si la tocamos y luego nos tocamos la frente repetidas veces, la
Virgen nos protege, nos ayuda y nos libera. A mí me
parece una vigilante especial que seguramente plantó
en este lugar del colegio la propia fundadora. El momento más esperado de este día es cuando cantamos el
himno de la escuela en la explanada, al aire libre, pero
además hoy se suma que al acabar iremos al auditorio a
leer las redacciones, y a escoger a los candidatos del
concurso de Coca-Cola. Año tras año, cuando llega este

día, desearía que me dejaran salir a cantar frente al micrófono, pero, al ser tantos alumnos, resulta difícil que me escojan a mí. Busco entre las otras caras la de la Topa y, al encontrarla, corro a hacerme un hueco a su lado:

—¡La suerte está echada!

—Sí, pero las cosas están raras —dice forzando una cara muy seria.

—¿Qué quieres decir?

—¿No te has dado cuenta?

—Ah. —Me tomo un momento para analizar—. ¿Hoy no has estado en Permanencias?

—No.

—Qué raro.

—¿Sabes por qué?

—No lo sé.

—Piensa.

Me pide lo mismo que me pide mi madre. Miro a mi alrededor. De repente me doy cuenta de algo:

—Tu madre está con las otras madres.

—Le han dicho que no vaya a trabajar, pero no está contenta. ¿Te has dado cuenta de algo más?

Los alumnos se sitúan en la explanada del patio del colegio, en una línea que ha sido delimitada con tiza para cada curso. Eloísa nos hace una señal para que nos unamos a la línea de los de cuarto. Está a punto de empezar a sonar el himno, pero varias madres de nuestro curso se acercan a hablar con ella. De igual modo, otras madres hablan con otras profesoras. De repente, hay mucho jaleo, madres que se habían ido vuelven a entrar. En medio del descontrol, los Lapiceros empiezan a jugar y a salirse de las líneas dibujadas en el suelo. Yo me mantengo firme donde estoy. Aun estando a ocho filas del micrófono, me concentro para poder alzar la voz cuando suene la música e interpretar desde el corazón. Eloísa dice que esa es la parte más alta de nuestro cuerpo, porque es ahí donde nos escondieron a Dios. Cuando interpreto no pienso en otras cosas, y eso me gusta porque me produce una sensación de descanso. En momentos así, en la escalera del pasillo, en el púlpito de la iglesia o en el centro de la explanada, mi alrededor se vuelve un escenario y yo me transformo en otra persona. Desde la vida de otra persona me atrevo a observar el mundo como si lo mirara con lupa. Se me ocurre que tal vez, desde la vida de otros, una puede volver poco a poco a la suya.

—Yo creía que era creyente, pero en realidad soy actriz. —Se lo confieso a la Topa alzando la voz en medio del revuelo, antes de que anuncien por megafonía las malas noticias.

Epílogo

A Laia

A nuestro barrio no lo habían escuchado nunca y de repente nuestros vecinos empezaron a aparecer en los periódicos, en la radio y en la televisión. Voces asustadas y temblorosas junto a imágenes de una caída repentina. Al verla contada de manera pública, la tragedia parecía falsa. Como si sucediera sin tocarnos, o nos hubiéramos librado de ella de milagro.

El hundimiento se produjo en enero del año 2005, unos meses antes de mi primera comunión. La iglesia de Santa Teresa donde hacía catequesis quedó desalojada por posibilidad de socavón y por ello, cuando llegó el día, tuvimos que hacer la ceremonia en otra iglesia. Los directivos de la obra decidieron evacuar los edificios de las calles de alrededor de la parroquia y del mercado de Llobregós. Expulsaron de sus casas a medio barrio y enviaron a los vecinos a vivir en hoteles. El desalojo no llegó a mi colegio y tampoco al bloque donde vivíamos nosotras, pero en aquel momento pensé que lo mejor que podría pasarnos era tener que empezar de nuevo en otro lugar. La tierra no se tragó a ningún vecino en carne y hueso, solo engulló sus pertenencias, sus recuerdos, sus historias. Primero lo llamaron derrumbe, después, hundimiento y, por último, socavón. Así bautizaron al agujero que se había abierto en nuestro barrio, y también en nuestras vidas.

Crecí con esa sensación de tener que estar preparada en cualquier momento para escapar.

Con el tiempo rellenaron el agujero de hormigón y lo convirtieron en una plaza: la *plaça de l'esvoranc*. Pero la imagen del hundimiento quedó presente como una charca en la memoria, en medio del barrio y debajo del lagrimal de mi madre.

Como un estruendo en mitad de la comida, primero un portazo, luego una pérdida y, en última instancia, un abandono.

A nuestro alrededor estaba la gente pero nos habíamos quedado solas. Vi el mundo separarse de nosotras, como si cayera y mi madre y yo nos quedáramos con los pies encogidos en el bordillo de la acera, a punto de caer. O tal vez fuera a la inversa, el suelo se hundió a nuestros pies y mientras caíamos el mundo seguía su curso, sin darse cuenta de ese lazo madre-hija que no se sujetaba en ninguna parte. Supongo que las dos quisimos ocuparnos de la otra, y así adoptamos roles mamíferos. Tratábamos de hacer lo posible para que ninguna se diera cuenta de lo que había perdido. Nos amamantábamos con lo que teníamos, que era bien poco; aunque salían de la boca, mis palabras eran una brisa y las de mi madre una niebla, pero también sucedía al revés. Mi razón de ser creció en ese hueco que había entre nosotras; para que ella no cayera de nuevo, yo tenía que estirarme. Estaba dispuesta a todo con tal de acercarme a la persona que me había traído al mundo, hacía lo imposible para avanzar hacia ella, aunque sin darme cuenta, ya había empezado a partir.

La distancia me parece un tronco que aprieta nuestros estómagos, protegida por ella he ido consolidando un cuerpo capaz de armarse de nuevo. Un cuerpo como el de mi barrio, nacido en la boca del infierno, pero a la vez bien cerquita de Dios. Toda la información sale de él, de un agujero cubierto de hormigón. Es ahí donde guardo los viajes por carretera Barcelona-Navarra-Barcelona mirando por la ventanilla hasta que, a mitad de camino, en la cima de una montaña, aparece el toro de Osborne. Viéndolo allí tan solo en la estepa siento ternura y compasión. En los momentos de indecisión aparece la voz de mi madre: «En la vida hay dos caminitos, solo tú puedes escoger». Y: «Todo en la vida es una decisión». Esta sensación de estar en medio se repite a menudo y la voy arrastrando con los años. La versión de uno y la versión de otros. La vida de dentro, la vida de fuera y la vida en mi interior. Lo que me gustaría y lo que es. Todo choca entre sí, la versión de los hechos se multiplica y se difumina hasta tal punto que ya no hay testigo o interpretación que valga. Todo avanza delante de mí, pero yo me quedo quieta y apartada, observando en un rincón desde el que se ve el panorama, como el toro en la valla publicitaria. Me peleo conmigo misma tratando de descifrar un dolor en la tripa que no es más que una necesidad de pertenencia, una incapacidad para reanimarme y decantarme. Sin embargo, es precisamente esta incapacidad la que me lleva a escribir, porque solo así puedo coger capítulos de cada acontecimiento y tratar de ordenarlos y hacer que vuelvan a convivir pese al fracaso. Solo en el espacio de la ficción puedes quedarte durante mucho tiempo, formando parte, investigando a los miembros de una familia.

Como si escribir fuera pasar tiempo con ellos.

Tal vez la huella que quede de este camino tan largo sea un puente de reconciliación entre las calles de mi propia vida.

Si no fuera por el hundimiento, mi madre podría haber sido monologuista. Todo eran soliloquios en casa, con mi escucha parpadeante, hablar incesantemente, sin freno, sin *punt i apart*. Creo que soy monologuista porque lo aprendí de mi madre. El flujo de conciencia a rienda suelta, la verborrea, un taladro que hace cosquillas: *currucucú, currucucú, currucucú*. A veces pienso a qué se podría haber dedicado mi madre si no hubiese sido ama de casa, ama de una casa a la que nadie ama, a la que nadie entra, ama de muebles, de llaves, de baño y cocina. Esclava de la limpieza y de la naftalina. A veces me la imagino creativamente y la veo monologuista. O detective privado. Ojalá pudiera sacarla del ímpetu de cuidar una casa. Hay tanta vida allá fuera. Los cuadros un día se marchitan, la fe caduca, cristales limpios con Cillit Bang, las manos descamadas, el sexo a remojo, la voz en la escalera de vecinos y las noches en vela. Todas las listas y las cosas pendientes colgando de las orejas. Cuando estoy fuera de casa siento como si un cordón invisible atravesara la ciudad hasta llegar a cobijarse de nuevo en la habitación donde mi madre y yo comíamos pegaditas para no pasar frío, o hasta el banco de la iglesia donde pedíamos perdón a Dios. Realmente siento una añoranza extraña que me impulsa a llorar, me siento una niña fuera del vientre expuesta al terror del mundo, una devota que ha traicionado a sus raíces y a Dios. En esos momentos me gustaría estar de camino a misa con mi madre, hablando de nada, en ese calor tan miserable que genera el roce de los días habitables donde ella habla y yo escucho, donde ella hace *currucucú, currucucú, currucucú* y yo no oigo nada. Mientras mi madre habla, insulta, se recupera, pierde el hilo conductor, vuelve y me ama, yo aborrezco el verbo que cuelga de mi lengua materna, el paladar me escuece horrores, me vuelvo disléxica, incapaz de decir dos frases en alto sin que se me hunda la lengua como mi barrio se hundió en un socavón. Mientras mi madre habla, yo aprendo a callar y me dedico a estudiar clandestinamente, busco una cueva donde estar a salvo, lloro y entre tanto estudio y leo textos teóricos y me entran unas ganas inmensas de rendirme y quemarlo todo porque no me apetece formar parte de la academia con el corazón hecho pedazos en el derrumbamiento del Carmelo. Mientras mi madre focaliza su vida en hincarme agujas como si fuera su muñeca de vudú, cerca de la calle Calafell, donde en 2005 caían los portarretratos de familia por la repentina llegada del metro a un barrio obrero, yo salgo de casa como si llevara un camión a cuestas, llego a la biblioteca y me dejo caer allí muchas horas. Juan Marsé es la nueva iglesia a la que acudo cada día, sin curas ni madres. Tampoco voy a la iglesia de Santa Teresa de Jesús desde que la desalojaron, porque no me quiero encontrar a nadie, porque no parece una trinchera, porque mi madre y yo ya no hacemos cosas juntas, porque encierra demasiados recuerdos y, ante las evidencias, la fe se cae a trozos como en un atropello. Ya no hay ritual que valga. Voy a los sitios a pie, sin tener nunca un verdadero lugar al que acudir, intento leer para cultivar mi mente y elevarme, huir de la vulgaridad de los insultos de un ama de casa y ponerme a la altura del privilegio intelectual. Con nueve años, mi madre me decía: «No quieras vivir por encima de tus posibilidades», y cosía esas palabras a mis bolsillos, y yo cosía mis manos, llenas de eczemas, supurando, siempre obreras, a la estética del resentimiento. Con culpa, paso del colegio al trabajo, y me olvido de la religión, me enfado con Dios y aun así le pregunto: «¿Por qué me has abandonado?». Aunque siento que en realidad lo he abandonado yo. Utilizo trabajo y academia para vaciar mi mente de todo contexto. Paso por alto todo socavón. Cierro la puerta de casa y me impongo una sonrisa complaciente. Voy a los sitios a pie para no gastar dinero, para mantenerme delgada. En ciertos momentos me parezco una mujer sin sexo en estado de contemplación. Me parezco a mi madre.

A veces me gustaría gritar: «Mamá, un día nuestras posibilidades cambiarán».

Mi madre sostiene las manos en posición de rezo y mira hacia el infinito, las dos sentadas en el banco del paseo, en el rito diario de dar la vuelta a la manzana. En esa postura caída están todos los días que pasa sola, en ese banco, nuestros encuentros de los últimos años. Aprieto la tripa para no sentir, y en ese apretar la tripa para no sentir está mi manera de relacionarme con el mundo. Ahí acontece mi escritura, como un movimiento reflejo tardío, como una muralla construida, porque solo al escribir puedo traducir ciertos sentimientos que había congelado con la fuerza de la panza, pero, a la hora de la verdad, cuando estoy en el cuerpo aprieto para no sentir nada. A veces es en balde, me llega la soledad de mi madre a través de un gesto, me llegan sus años a solas haciéndose vieja y me parten en dos, me llega la voz de un notario que le da una patada y la saca de este banquito en el que cabe toda nuestra vida. Aprieto mucho para seguir sentada en el banco, mi madre me mira y me reprocha mi vestimenta de piedra, luego se gira hacia el infinito y va lanzando *currucucús*. Pienso que en esos instantes mi madre se imagina otra vida, y que por eso mira tan lejos. Busco en el horizonte, en el mismo lugar en el que ella posa sus ojos nublados, porque ciertamente apenas ve. Le pido que me espere, como si yo pudiera ir a algún sitio a buscar la vida que merece y traérsela. Todo en mi vida lo hice para eso.

Mi madre me enseñó que lo cotidiano era relatable, que si lo estirabas se volvía de cuento. Ella lo transformaba en la boca, con la palabra, tenía la capacidad de convertir nuestro piso en un palacio, su habitación en un hotel y un banco de la calle en el que nos sentábamos a tomar la fresca en un balneario. A veces daba la sensación de que no se le acababan las palabras, le salían de manera desordenada y desorbitada, como si fuera una máquina tragaperras que suelta monedas por la boca y me las dejara en herencia.

Yo quería el dinero para sacar a mis padres de vacaciones, tapar humedades y enyesar la ausencia. Hacer algo bueno. Formar parte de la rebelión de los ángeles. Como decían las vecinas de mi barrio, una, si alza la vista, lo ve:

«Del Carmelo al Cielo».

Agradecimientos

¿Qué es un libro sino una carta?

Julien Green

El tiempo que me ha costado escribir *Ama de casa* es el tiempo que llevo exiliada de mi ciudad natal. Esta novela es un viaje de partida que llega a su fin —aunque el lugar de destino sea a su vez otro lugar de partida—, un viaje de vuelta a casa imaginado desde otras ciudades, desde Copenhague y Madrid, siempre cerca de amigas que abrazaban a la niña. Tuve la suerte de encontrar mis faros allí donde fui y, sin duda, este viaje no habría sido posible sin ese sostén, sin ese amarre, sin esas nanas de la cebolla que me recordaban una y otra vez cuál era mi misión. En el exilio visité los infiernos y también disfruté de los mejores momentos de epifanía. Fue en mi lengua madre en la que me vi obligada a escribir; fue en la lengua extranjera en la que me escondí, me doblegué y en la que más tarde me atreví a amar;

fue también mi catalán herido el que repoblaron grandes amigas.

Antes de partir, en plena pandemia, recorría desde el Carmelo toda la línea azul para ir a trabajar a las naves de Correos. Pero, aprovechando el transbordo que tenía que hacer para llegar hasta el Parc Logístic de la Zona Franca, hacía paradas técnicas de un café en casa de mi amiga Laia Manzanares. Gracias, Laia, por ser capaz de verme y repetirme miles de veces en la mesa de aquella cocina que debía ponerme a escribir. Por impulsarme y apoyarme de manera incondicional, y de manera material. Gracias por rescatarme con tu amor y tu generosidad.

Gracias, Ivet, por acompañarme desde los inicios, leer los capítulos de esta novela tantas veces y devolverme el impulso para seguir.

Gracias a mi red de la carrera d'Estudis Literaris, mi ejército: el Comando Señoras y mi escenario clandestino: el Prostíbulo Poético.

Al bar de Sara Montiel en el que soñamos grande, gracias: Ana Rujas y Anna Cornudella.

A mi familia de calle Puríssima, a Judit y a Marina.

A mi hogar en Copenhague: Julia, Lara, Alba, Ro, Heitor y César. Y a todas mis compañeras de exilio y de restaurantes.

Sin olvidarme nunca del ejército de ángeles que me trajo de vuelta a España a través de la campaña Go-FundMe.

A mi hogar en Madrid, la casa de la resurrección, gracias: Clara, Marta y Carmen.

Al milagro que supuso el incendio —una habitación propia en Lumen para mi novela—: Berta Pagès, Luna Miguel, María Fasce. Y a la maestría de mi editora: no podía haber encontrado a nadie mejor para dialogar con esta historia. Gracias por entender todos sus significados y acompañarme con tu generosidad e inteligencia, Carolina Reoyo.

Al gran amor que me regaló Dinamarca, Mathias Ousen: mi buen amor. Gracias por darme la mano, sujetarme e impulsarme siempre.

A tantos amigos y amigas que me han acompañado en esta travesía.

A mi familia.
A mis abuelas en el cielo: Conxita y María.
A Iván, Jordi e Inés, porque, como me dijo Laia: abrígales la infancia y nunca más pasarán frío.

Y si todo libro es una carta, a mi padre y a mi madre.

Índice

Viernes 11

Sábado 123

Nuestro Secretito 151

Domingo 159

Día de la Fundadora 169

Epílogo 175

Agradecimientos 189

Este libro
terminó de imprimirse
en Madrid
en febrero de 2025